Rolf Sierlinski

Die Abenteuer des Herrn Tobias
Ein Papagei erzählt

Rolf Sierlinski

Die Abenteuer des Herrn Tobias

Ein Papagei erzählt

Die Deutsche Bibliothek – CIP-Einheitsaufnahme
Sierlinski, Rolf:
Die Abenteuer des Herrn Tobias: Ein Papagei erzählt/
Rolf Sierlinski.
ISBN 978-3-8391-7397-8

1. Auflage 2000
Alle Rechte vorbehalten
Umschlaggestaltung: R. Marcel Extra, Frankfurt
Satz: Beate Hautsch, Göttingen
Herstellung und Verlag: Books on Demand GmbH, Norderstedt
Printed in Germany
ISBN 978-3-8391-7397-8

Vorwort

Im September/Oktober 1998 reiste ich in die Dominikanische Republik, um mir dort vor Ort in der freien Natur Papageien und ihre Gewohnheiten anzusehen. Das war ein tolles Erlebnis. Aber ich war mir auch der Problematik bewusst:
Der todbringende Handel mit seltenen Papageienarten findet jeden Tag statt. Mit grausamen Fangmethoden wie etwa Leimruten oder Schlagnetzen. Das einzige, was zählt, ist der Profit. Wie viele Tiere dann beim Fang, Transport oder später in den Auffangstationen sterben, ist völlig egal, Hauptsache, das Geld stimmt. »Verluste«, wie es zynisch heißt, werden direkt mit einkalkuliert! Die Zeche falsch verstandener Tierliebe zahlt immer das Tier, oft genug mit seinem Leben.
Das Institut für Papageienforschung erklärt: »Papageien sind nun einmal nicht die lustigen bunten sprechenden Harlekine, wie uns die Werbung weismachen will, sondern Ergebnisse einer langen Evolution und somit Teil eines komplizierten Ökosystems. Man kann Papageien nicht zu bunten Käfigvögeln degradieren. Das ist von vornherein zum Scheitern verurteilt«
Denken Sie bitte daran, bevor Sie beschließen, so ein Tier zu erwerben.

Tipps und Rat gibt das Institut für Papageienforschung e. V., Postfach 300059, 46530 Dinslaken, Telefon: 02064-98779.

Ein Großteil vom Verkaufserlös dieses Buches wird dem Papageieninstitut sowie anderen Tierschutzorganisationen zur Verfügung gestellt.

Rolf Sierlinski

1

Hallo, Leute, wie geht's? Oh, Entschuldigung, ich sollte
ja eigentlich in meinem Alter von zehn Papageien-
jahren etwas gesetzter wirken und mich nicht gleich
immer so anbiedern. Wie dem auch sei, mein Name ist
Tobias, meines Zeichens ein Papagei, mittelgroß und
natürlich wunderschön anzusehen.
Geboren wurde ich in der Karibik, genauer gesagt
in der Dominikanischen Republik, in einem wunderschönen warmen Klima mit Früchten, Nahrung und
allem, was das Papageienherz begehrt. Papageien gibt
es aber auch in Zentralafrika, habe ich von einem
Vetter gehört. Es ist ein herrliches Land, man kann
dort viele verschiedene Landschaftsformen durchflie-
gen, in der Nacht wird es ab und zu etwas kälter.
Von einem älteren Papagei haben wir einmal gehört,
dass wir auf einer so genannten Insel leben, er erklärte
es uns damit, dass rings um unsere Heimat nur Wasser
wäre. Der Artgenosse war wirklich schon viel herum-
gekommen, aber wer von uns sollte ihm das glauben?
Da streikte unsere Vorstellungskraft dann doch ein bisschen. An lauen Abenden, wenn alle träge und müde auf
ihren Ästen saßen und mit den Flügeln schlugen, lauschten wir oft genug den Geschichten dieses Weltenbumm-
lers. Angeblich gab es nur wenige Flugstunden von hier
noch schönere Wälder, mit frischem Wasser, das direkt
aus einer Felswand floss. Dann gab es viel Wasser, das
sich durch das Land schlängelte, durch viele fruchtbare
Gegenden. Und zuletzt erzählte er uns noch von ganz
komischen Tieren, die recht groß waren, mit Stangen

auf dem Kopf, und von ganz komischen zweibeinigen Wesen, die diese Tiere wohl beaufsichtigen und sie von einem Ort zu anderen bringen würden.

Wir lauschten aufmerksam, gerade wenn er von diesen komischen zweibeinigen Wesen erzählte, die in viereckigen Dingern durch die Gegend »flogen«, allerdings ohne richtig aufzusteigen. Diese Dinger bewegten sich am Boden, aber dafür mit einer so hohen Geschwindigkeit, die sie auch für Vögel gefährlich machten. Viele unserer Artgenossen hätten bei einem Zusammenstoß mit diesen schnellen Kisten schon ihr Leben verloren. Dann erzählte er uns auch noch von Gegenden, die ganz trocken waren, so dass man das Wasser richtig suchen musste, und von tiefen Einschnitten in der Erde mit Erhöhungen, wo es mitunter lausig kalt werden konnte. Da würde man sogar am Tag, wenn die Sonne scheinen würde, frieren. Ob das alles so stimmte, was er uns da erzählte? Ich und einige andere Artgenossen blieben etwas skeptisch. Gerade in Bezug auf diese zweibeinigen Wesen. Ob er die nicht nur erfunden hatte, um interessant zu werden?

Schließlich schliefen wir wie jeden Abend alle zusammen ein, die Sonne ging so abrupt unter, als hätte sie jemand direkt vom Himmel heruntergeholt. Die Geräusche der Nacht machten sich breit, und eine fast angenehme Kühle legte sich langsam über unseren Wald. Ich steckte den Kopf einfach nach hinten ins Gefieder, lauschte ein letztes Mal dem Gemurmel der Schwarmgefährten und fing dann direkt an, in einen, wie ich meinte, traumlosen Schlaf zu fallen. Nachts wurde es

empfindlich kalt, aber es war immer noch gut auszu-
halten.

Sobald die Sonne wieder am Himmel erscheint, ist
das Leben als Papagei einfach herrlich. Man muss nur
einige Meter fliegen, und schon kann man frisches Obst
knabbern oder aus Regenpfützen seinen Durst stillen.
Danach geht es an die ständige Gefiederpflege, so wie
ich es von meinen Eltern und Geschwistern gelernt habe.
Im Anschluss daran, um die müden Glieder wieder gang-
bar zu machen, erfolgt immer ein ausgedehnter Rund-
flug. Das ist auch nötig, um aus bestimmten Erdschich-
ten Mineralien aufzunehmen.

Ab und zu kommt es in dieser Gegend zu starken
Stürmen mit heftigen Regenschauern. Das ist weniger
schön für uns, aber wir haben uns schon daran gewöhnt
und suchen Schutz in Baumhöhlen oder windgeschüt-
zen Ecken. Auch wenn fast jedes Mal einige Kollegen
dabei zu Tode kommen. Die waren dann nicht schnell
genug, die entsprechenden Plätze aufzusuchen, oder
hatten sich zu weit von der Gruppe entfernt, um noch
rechtzeitig gewarnt werden zu können.

Nach dem gelegentlichen Futtern folgt für ein bis zwei
Stündchen ein Nickerchen, entweder allein oder aber
mit Freunden aus dem Schwarm.

Natürlich wird ab und zu auch kräftig gestritten, zum
Beispiel wenn jemand ausgerechnet eine Frucht haben
will, die man sich schon selbst ausgewählt hat. Das hat
natürlich etwas mit Revierverteidigung und Selbstbe-
hauptung zu tun. Wie ich in der Zwischenzeit feststel-
len konnte, ist das bei Menschen recht ähnlich. Oder
würden die sich einfach etwas wegnehmen lassen, an

dem sie interessiert sind, ganz ohne Kampf, oder ohne versucht zu haben, es doch noch zu bekommen? Das glaube ich nicht! Menschen und Tiere gleichen sich eben in manchen Verhaltensweisen. Obwohl die Menschen das nur selten zugeben, denn für viele sind Tiere dumme Wesen, die den Menschen untergeordnet sein sollten. Und das erklären viele (man soll ja nicht verallgemeinern) mit der menschlichen Intelligenz. Was damit alles angerichtet werden kann, erfuhr ich am eigenen Leib einige Zeit später. Das hat mich sehr erschreckt, und stolz wäre ich darauf auch bestimmt nicht gewesen.

2

Natürlich lebten wir nicht allein im Urwald. Außer uns gab es noch unendlich viele Tiere. Einige lebten nur auf der Erde, andere auch auf den Bäumen und turnten in unmittelbarer Nachbarschaft unserer Nistplätze herum. Es gab auch ein paar Kriecher, Schlangen genannt, die es auf unsere Gelege abgesehen hatten. So ist nun einmal das Gesetz des Dschungels: Fressen und gefressen werden.
Unsere Art überlebte natürlich auch durch die große Anzahl, da wurden eventuell auftretende Todesfälle wieder ausgeglichen. Allein, was für ein Lärm am

Morgen herrschte, sobald die Sonne aufgegangen war! Es war ein Gezwitscher, Gekreisch und Getöne – geradezu ohrenbetäubend. Wenn sich aber die Nacht über den Urwald legte, wurde es nach und nach immer stiller. Eine totale Nachtruhe gab es trotzdem nie. Immer war die Luft erfüllt von irgendwelchen Tönen, von Rascheln und Wuseln. Mit der Zeit bekam man mit, was oder wer einem gefährlich werden konnte oder es auf die Eier oder die schon geschlüpften Jungen abgesehen hatte. Und kampflos wurde nie etwas hergegeben. Der Kampfeinsatz war das eigene Leben. Und manchmal war der Gegner zu groß und übermächtig. Dem Aufziehen unserer Jungen galt unser Hauptaugenmerk. Entweder bauten wir eigene Nester, die wir in die Äste knabberten, oder wir benutzten Baumhöhlen oder entsprechend große Astlöcher, die wir mit unseren starken Schnäbeln erweiterten.

Einen großen Teil des Tages nahm neben der Futtersuche auch die entsprechende Federpflege in Anspruch, durch den Partner oder durch gute Freunde im gleichen Schwarm. Da wurden dann alte Federn entfernt, die restlichen geglättet und gestriegelt, Staub und Dreck entfernt und alles auf Hochglanz gebracht. Denn man wollte ja ein gutes Bild in der Gruppe abgeben und so viel Aufmerksamkeit wie möglich erregen, bei den Weibchen oder bei den Männchen, je nach dem, auf welcher Seite man stand.

Ich persönlich finde mich mit meinem leuchtenden Gefieder und den roten Augen ausgesprochen schön. Außerdem finde ich, wir sind doch alle auf irgendeine Weise etwas eitel und wollen nicht nur den anderen, sondern auch uns selbst gefallen. Und das finde ich okay so. Denn es stärkt das Selbstvertrauen und hilft einem manchmal über schwierige Zeiten oder Ereignisse hinweg.

Eines Morgens sollte sich mein Leben von Grund auf ändern, und zwar in einer so dramatischen Art, wie ich es nie für möglich gehalten hätte. Es war eigentlich ein Tag wie jeder andere bei uns im Dschungel, nichts deutete auf eine Veränderung hin. Wir wachten wie immer mit den ersten Strahlen der Sonne auf, reckten und streckten uns, gingen auf Nahrungssuche, putzten uns und grüßten sozusagen die direkten Nachbarn oder die besonders guten Freunde im Schwarm.

Es muss um die Mittagszeit gewesen sein, da flogen wir, jedenfalls die meisten von uns, zu den Erdhügeln etwas außerhalb am Fluss, um mit dem Erdreich die dringend benötigten Mineralien aufzunehmen. Natürlich drängelten alle wieder, jeder wollte der erste sein. Ich hatte mir an der Rückseite der Hügel schon beim letzten Besuch eine entsprechende Mulde vorgebuddelt, und zwar etwas abseits von den anderen. Nachdem ich dann genug hatte, sozusagen die Mineralienbatterien bis zur Gänze aufgeladen hatte, ruhte ich mich ein bisschen aus. Denn so ein vergleichsweise langer Flug strengt uns Papageien doch recht an, viele Reserven haben wir nun einmal nicht vorzuweisen.

Plötzlich war da ein Dröhnen, das den Boden erzittern ließ und immer stärker wurde, bis man meinte, es gebe nur noch dieses Geräusch auf der ganzen Welt. Aufgeschreckt flogen wir erst einmal ziellos in der Gegend herum und wussten nicht, was das zu bedeuten hatte. Je näher wir unseren heimatlichen Brutplätzen kamen, desto stärker wurden das unheilverkündende Geräusch und der dazu gehörende Lärm. Der ganze Dschungel schien vor unseren Augen ins Wanken gekommen zu sein. Und dann glaubten wir unseren Augen nicht zu trauen: Die Bäume, die unsere Heimat und Wohnung waren, unsere Nester beinhalteten, wo unsere Jungen und Partner auf uns warteten, wankten nicht nur, sondern fielen mit grausamer Regelmäßigkeit um und krachten einer nach dem anderen in das Unterholz. Begleitet wurde das furchtbare Szenario von einem durchdringend kreischenden Geräusch, das immer dann abbrach, wenn wieder einer dieser dicken uralten Bäume zitternd zu Boden schlug und für immer für uns verloren war. So ging das nun Schlag auf Schlag, Baum um Baum, unsere Gelege für immer zerstört, und alle kleinen Artgenossen dem Tod preisgegeben. Denn solch eine Zerstörung konnte keiner der von uns Zurückgelassenen überlebt haben. Darüber waren wir uns schon beim ersten Überfliegen des Gebiets im Klaren. Trotzdem suchten wir verzweifelt nach einer Spur, auch wenn sie uns noch so klein erscheinen mochte, und das bis zur totalen Erschöpfung.

Nachdem in unserem Gebiet auch der letzte Baum mit Getöse zu Boden gestürzt war, ertönte neuer Krach und Gestank. Es kamen große, gelbe stinkende Gegenstände durch das Unterholz, oben kam schwarzer Rauch heraus, und die Dinger knatterten entsetzlich. Vorne an der Front dieser sich schnell bewegenden Gegenstände war eine Art Schild angebracht, der sich in den eh schon runter gemachten Dschungel grub und tiefe Schneisen hinterließ, in der wahrscheinlich noch nicht einmal eine Ameise überlebt hatte. Denn die Dinger liefen auf zwei schuppigen Rollen, die tiefe Spuren im Boden hinterließen.

So etwas hatten wir noch nie in unserem Leben gesehen, geschweige denn gehört. Das alles war einfach zu viel für uns. Von jetzt auf gleich alles, was man liebt, weg, zerstört und tot zu finden, keine Heimat mehr zu haben, das alles verwirrte uns total. So ließen wir uns erst einmal, nicht zuletzt aus Erschöpfung, einfach in den nächstgelegenen Bäumen nieder, die noch standen und noch nicht umgefallen waren. Wir konnten voll Panik beobachten, wie neben diesen großen gelben stinkenden fahrenden Gegenständen jetzt auch Wesen auf zwei Beinen auftauchten, die neben der todbringenden Furche, die das Ding in unseren Dschungel gerissen hatte, herliefen, denn fliegen konnten sie offensichtlich nicht. Es kamen immer mehr von diesen seltsamen Wesen aus dem Unterholz, um direkt um die gefallenen Bäume Kreise zu ziehen. Sie begannen damit, alle Äste oder auch das, was stören konnte, vom Baumstamm selbst zu entfernen. Dabei wurde natürlich weder auf unsere Nester noch auf herausgefallene oder verletzte Tiere geachtet. Diese starben entweder unter den Klauen der zweibeinigen Wesen oder wurden von der schuppigen Laufrolle dieser gelben Dinger einfach auf dem Dschungelboden zerquetscht. Ohne Gnade ging das vonstatten, als wenn fremdes Leben überhaupt nichts bedeuten würde. Und hilflos mussten wir zusehen, wie unsere Familien und Kinder starben. Wir konnten uns gar nicht vorstellen, was diese Wesen damit bezweckten. Die gefällten Baumstämme wurden dann so, wie sie waren, auf andere große längliche Gegenstände geschoben, die auch auf Rollen liefen, und dann einfach davongefahren.

So ging das Stunde um Stunde, bis das Waldstück, in dem wir gelebt hatten und glücklich gewesen waren, verschwunden war. Nur die abgerissenen Zweige, die umgewühlte Erde und die vereinzelten toten Mitglieder, die schon fast unkenntlich am Boden lagen, blieben übrig, mehr nicht. Wir überflogen erneut unsere ehemalige Heimat, um vielleicht doch noch ein Lebenszeichen zu entdecken, aber es war nach diesem Ereignis nutzlos. Was sollten wir tun? Hektisch wurde etwas gefressen, aber dafür mussten wir jetzt eine weitaus größere Strecke fliegen als vorher, denn in unserer Umgebung gab es nicht mal mehr eine einzige Frucht, die wir hätten fressen können, von frischen Sämereien ganz zu schweigen.

Alles war in nur einem Vormittag einfach hinweggefegt worden. Genauso wie unser bisher geruhsames Leben im Dschungel verschwunden war. Der Abend kam wie jeden Tag, nur gab es jetzt keine heimatlichen Nester mehr, keine Familien oder Junge, zu denen wir zurückkehren konnten. Nie mehr würde es abendliches Willkommensgeschnäbel geben oder das liebevolle gegenseitige Federkratzen. Und nie mehr würde man am nächsten Morgen beruhigt durch die Nähe des Partners den neuen Tag beginnen können. Wir wurden mit der Zeit von einem Gefühl großer Leere ergriffen. Alle waren sehr still und drückten sich viel enger aneinander, als es sonst der Fall gewesen wäre. Selbst diejenigen, die sich sonst nicht so gut verstanden, bildeten da keine Ausnahme. Es war so, als wollte jeder den anderen trösten über den Verlust, den wir alle erlitten hatten. Hätten wir Tränen gehabt, hätten wir uns die Augen wund geheult und hätten wir sprechen können, der Wald wäre erfüllt gewesen von unserem Wehklagen. Aber da uns Tieren ja das Weinen verwehrt ist, blieb uns nichts weiter übrig, als unserem Schmerz den uns eigenen Ausdruck zu geben.

Auch nach diesem schrecklichen Tag ging nach einer kalten Dschungelnacht die Sonne auf. Wir hatten alle mehr oder minder schlecht geschlafen nach diesen einschneidenden Ereignissen. Unser ganzer Schwarm flatterte sofort nach Sonnenaufgang hektisch hin und her, um etwas Futter zu sich zu nehmen oder kurz aus Wasserpfützen zu trinken. Zuerst dachten wir, es wäre alles nur ein Traum gewesen, aber als der Sonnenball hoch am Himmel stand, blieb die Verwüstung, die wir zu sehen bekamen, die gleiche, und die vielen leeren Plätze in den Ästen ließen auch keinen Zweifel daran aufkommen, dass viele unserer Artgenossen nicht wieder zu uns zurückkommen würden.

Unsere Trauer dauerte viele Tage, aber irgendwann siegte doch der Überlebenswille und wir flogen, wie schon die Tage zuvor, zu den Lehmhaufen, um Mineralien aufzunehmen. Das sollte sich aber gerade jetzt als schrecklicher Fehler erweisen. Denn kaum hatte es sich unser Schwarm auf dem feuchten Boden gemütlich gemacht und zu knabbern begonnen, ertönte ein schnappendes Geräusch, und über uns alle fiel ein riesiges durchsichtiges Gebilde (heute weiß ich, dass man es Netz nennt) und fesselte uns alle auf den Boden, sodass an eine Gegenwehr oder gar Flucht nicht zu denken war. Unsere Kraftreserven waren nach kurzer Zeit erschöpft, und wir blieben nach Luft schnappend am Boden liegen. Was für ein schreckliches Gefühl für uns, die wir sonst die Lüfte durchflogen, gefesselt auf das kommende Schicksal warten zu müssen.

Nach ziemlich langer Zeit kamen mehrere dieser komischen zweibeinigen Wesen, die wir aus der Luft bei der Zerstörung unseres Waldgebiets beobachtet hatten, auf uns zu und holten uns aus dem Netz heraus. Dabei gingen sie brutal und rücksichtslos vor. Viele von uns wurden bei der Aktion verletzt oder starben durch den Schock. Die wurden »aussortiert« und auf einen Haufen geworfen. Ihre schönen Federn glitzerten noch im Tod in der Sonne. Auch die verletzten Tiere wurden beiseite geworfen, denn sie waren zu nichts mehr zu »gebrauchen«. Viele Stunden voller Qual standen ihnen bevor, ehe der Tod als Erlösung kam, sei es nun in Gestalt eines Raubtiers oder aus Futter- und Wassermangel.

Ich und viele andere Kollegen waren viel zu geschockt, um irgendetwas zu unternehmen. Zu unserer Rettung trug bei, dass wir bei dieser schrecklichen Aktion unverletzt geblieben und somit für die zweibeinigen Wesen interessant waren. Aber im Nachhinein und viele Jahre später frage ich mich immer noch, ob es nicht besser gewesen wäre, im heimatlichen Dschungel zu sterben, als diesen Leidensweg auf mich zu nehmen, der nun vor mir lag. Nun, ich konnte nichts mehr daran ändern, mein Schicksal schien es so zu wollen, und so fügte ich mich einfach in die grauenhafte alptraumartige Situation. Was blieb mir auch weiter übrig. Diese Haltung rettete mir wahrscheinlich das Leben. Ich war unkompliziert zu transportieren, machte keinen Ärger.

Direkt nach dem »Aussortieren« wurden wir in ein Drahtgeflecht verpackt und darin sozusagen eingewickelt. Das hatte natürlich zur Folge, dass wir jetzt erst recht nichts mehr machen konnten und unseren Fängern noch mehr ausgeliefert waren. Aber darauf kam es nun auch nicht mehr an. Danach wurden wir mit diesen Rollen in große Kisten (jetzt weiß ich aus der Unterhaltung meiner Menschen her, wie diese Dinge alle heißen, damals war es einfach nur der blanke Horror für mich) verpackt und wie Früchte aufeinander gestapelt. Viele Reihen Papageien lagen so aufeinander, und »Ausfälle« waren schon vorprogrammiert und auch wahrscheinlich mit eingerechnet.

4

Wir hatten furchtbar zu leiden, ohne zu verstehen, was uns überhaupt geschah. Als die Kiste randvoll war, wurde der Deckel geschlossen, und ich sah zum letzten Mal die Sonne meiner Heimat durch die Ritzen der Kiste. Danach begann das ganze Ding zu ruckeln und zu rütteln, dass uns angst und bange wurde. Aber wir konnten nichts dagegen tun. Obwohl unser Fluchtreflex intakt war, nützte uns das in dieser misslichen Lage gar nichts mehr.

Ich fiel in eine totenähnliche Starre, die nicht zuletzt hervorgerufen war durch den Schock der Gefangenschaft und das hilflose Gefühl, nicht mehr fliegen zu können, sondern einfach gefesselt auf irgendetwas warten zu müssen.

Wie lange der Transport dauerte, kann ich gar nicht sagen. Da wir Papageien stark vom Tageslicht abhängig sind und unser ganzer Rhythmus damit zusammenhängt, sind wir sofort ohne Orientierung, wenn uns die Sonne fehlt. Und das war ja hier der Fall. Da unsere innere Uhr sozusagen ausgeschaltet war, erhöhte sich der Stress noch um ein Vielfaches. Gefangen sein war schon schlimm, nicht fliegen können noch schlimmer, aber nicht zu wissen, wo die Sonne stand, war die Hölle. Wir waren völlig ohne Orientierung. Schließlich wurde es von draußen her ganz dunkel, und wir konnten gar nichts mehr erkennen.

Wir waren aber auch viel zu erschöpft, um daran noch Anteil zu nehmen. Uns und besonders mir war zu dem Zeitpunkt alles egal, und so schloss ich mit meinem

Papageienleben ab und fügte mich endgültig in mein Schicksal. Ich fiel von jetzt auf gleich in einen tiefen, von Alpträumen geplagten Dämmerschlaf und hoffte instinktiv, wenn ich wach würde, wäre alles vorbei wie ein böser Traum.

So trieb ich in der Dunkelheit in meinen Träumen dahin, sah wieder unseren Dschungel, die Bäume, das üppige Grün, die unermesslich vielen frischen Früchte, die uns vor der Nase herumbaumelten, die Familienmitglieder, wie sie nach einer kalten Nacht erwachten und sich schnäbelten und gegenseitig das Gefieder zurechtlegten und pflegten, wie wir zusammen futterten und badeten, in unserer Gemeinschaft, in der jeder für jeden da war.

Diese Gemeinschaft war brutal auseinander gerissen worden, jetzt standen wir, die wir eigentlich Kollektivwesen sind, allein da. Dieses Gefühl der Einsamkeit hatte einige von uns zusammen mit dem Stress des Eingefangenwerdens schon ums Leben gebracht. Sie gaben einfach auf und starben.

Wenn ich kurzzeitig aus meinem Dämmerzustand erwachte, war es grauenhaft zu hören, wie die mitgefangenen Schwarmmitglieder mit der Zeit immer stiller und stiller wurden. Und nach einiger Zeit, keine Ahnung, wie lange das dauerte, kam aus den unteren Schichten gar kein Laut mehr zu mir herauf. So weit ich in dieser Dunkelheit den Begriff unten richtig einordnen konnte.

Längere Zeit rumpelte und schwankte unser Gefängnis hin und her, es lullte mich richtig ein. Irgendwann wurden wir durch einen heftigen Ruck geweckt. Sofort war die Panik wieder da, das Herz klopfte bis zum Hals, das war für viele von uns bestimmt nicht gesund. Denn Dauerstress jeglicher Art können wir nicht gut vertragen.

Unser Gefängnis bewegte sich und wurde dann irgendwo abgestellt. Wir waren viel zu fertig, um überhaupt Hunger und Durst zu spüren. Davon abgesehen kümmerte sich von diesen zweibeinigen Wesen auch niemand darum, wie es uns ging.

Ich hatte trotz allem Glück im Unglück, da ich direkt in der oberen Reihe eingeschnürt worden war. Dort hatte das Gefängnis ein Loch oder eine Art Riss, und zum ersten Mal, seit ich weiß nicht wieviel Stunden konnte ich mich an etwas Licht orientieren. Was war ich glücklich! Zudem hatte es wohl zu regnen begonnen, und mit der Zeit sammelte sich Wasser auf dem Dach unserer »Behausung«, und tropfte langsam ins Innere. So ein kleiner Schluck klares Wasser schmeckte einfach herrlich. Mir kam dieser Augenblick trotz aller Angst vor wie das Paradies auf Erden. Nach diesem Aufenthalt ging es wieder weiter, wir wurden wohl nur abtransportiert oder umgepackt. Nach diesem Transport wurde das Gefängnis mit uns darin hochgehoben und wieder recht rüde irgendwo abgesetzt.

Danach war eine ganze Zeit lang totale Stille. Wach gemacht wurde ich von neuen Geräuschen. Ein Brummen lag plötzlich in der Luft, und wenige Momente später hatte ich das Gefühl zu schweben und dem Himmel entgegen getragen zu werden. Wieder ließ das Gefühl des Ausgeliefertsein Panik in mir hochsteigen.

Aber das Außengeräusch blieb konstant, und es passierte nichts weiter Schlimmes, das Anlass gegeben hätte, den Verstand zu verlieren. Mein Platz in der obere Reihe in unserem Gefängnis hatte mir wohl das Leben gerettet, denn durch die Wasserreserven, die ich nun erhalten hatte, ging es mir noch relativ gut, verglichen mit meinen Mitgefangenen. Ich mochte mir gar nicht vorstellen, was für Höllenqualen sie im Moment aushalten mussten, vom fehlenden Wasser und Futter bis hin zum absoluten Lichtmangel und der drangvollen Enge. Da fehlte dann natürlich auch die Luft zum Atmen.

Wieder wurde ich durch einen heftigen Ruck geweckt, der deutlich stärker war als beim letzten Mal. Das brummende Geräusch verebbte langsam, und unser Gefängnis wurde wieder hochgehoben und wohl auf ein Gefährt dieser zweibeinigen Wesen geladen. So fühlte es sich an. Außerdem war es kälter geworden, das war mir schon vor einiger Zeit aufgefallen. Konnte es sein, dass es schon Nacht war? An welchem Ort befanden wir uns? Was stand uns nun bevor? All diese Gedanken schossen mir durch den Kopf, während unsere Fahrt in Ungewisse immer weiter und weiter ging. Vor lauter Erschöpfung fiel ich erneut in einen unruhigen Dämmerzustand.

5

Ein erneuter Ruck kündigte das Ende der Fahrt an, diesmal blieb es länger still. Wir schienen das Ende unserer Reise erreicht zu haben. Richtig, so war es auch, nach kurzer Zeit wurde der Deckel unseres Gefängnisses geöffnet, und wir sahen zum ersten Mal seit Tagen?, Wochen? etwas Licht. Aber das sah sehr komisch aus, nicht wie die gewohnte Sonne, sondern grell und unwirklich, so etwas hatten wir alle noch nie gesehen. Die Zweibeiner begannen uns jetzt aus den Drahtrollen zu befreien, schon sehr viel vorsichtiger als beim Einfangen. Alle hatten große schwarze riesige Hände, heute weiß ich, dass das Handschuhe waren, Überzüge, mit denen die Wesen ihre Klauen schützen, vor Kälte oder in diesem Fall vor unseren scharfen Schnäbeln. Direkt nach dem Auspacken wurden wir in einen Käfig gesetzt.

Nachdem wir unsere anfängliche Apathie überwunden hatten, flatterten wir erst einmal wild herum. Nicht an irgendwelche Grenzen gewöhnt, knallten viele von uns im Flug gegen diese komischen Gitter. Gut, dass unser Körperbau so flexibel war, so waren die Verletzungen nur von geringer Natur. Es gab zum ersten Mal nach dem Fang Futter und Wasser. Aber viele von uns waren so aufgeregt, dass sie alles wieder erbrachen, was sie zu sich nahmen. Auf jeden Fall wurden wir sehr viel besser behandelt als vorher.

Nachdem wir uns alle etwas beruhigt hatten, sah ich mir unseren ehemaligen Schwarm genauer an. Ich erschrak, wie wenige wir nur noch waren! Einige Freunde und

Bekannte waren gar nicht mehr zu finden, sosehr ich auch suchte und mich umschaute. Das machte mich sehr traurig. Aber es hilft ja alles nichts, sagte ich mir, du musst fit bleiben. Und obwohl ich keinen rechten Appetit hatte, schlug ich mir erst einmal den Bauch voll. Frei nach dem Motto: Wer weiß, wann es wieder etwas gibt.

Währenddessen entwickelten die zweibeinigen Wesen »draußen« vor unserem Käfig ein geschäftiges Treiben. Es wurden weitere Kisten mit anderen Tieren ausgeladen. Welche es waren, konnte ich durch das grelle, blendende Licht nicht genau sehen. Überhaupt hasste ich dieses Licht. Es tat in den Augen weh. Wir Papageien können nämlich mit sehr viel höherer Geschwindigkeit und viel farbiger als andere Wesen sehen. Also schloss ich wieder die Augen, auch um mich in mich zurückzuziehen. Draußen vor dem Verhau ging der Lärm weiter und malträtierte weiter unsere hochsensiblen Ohren, bis auch das dann endlich nachließ.

Wussten diese Wesen überhaupt, was sie uns mit dieser brutalen Aktion antaten? Ich glaube nicht, dass sie unsere Qualen durch gleißendes Licht und den unaufhörlichen Lärm überhaupt verstanden oder verstehen wollten. Komisch, was wollten sie überhaupt von uns, und was sollte letzten Endes aus uns werden? Alle diese unbeantworteten Fragen gingen mir durch den Kopf. Ich versuchte, mich mit Leidensgefährten aus der näheren Umgebung zu unterhalten, aber die Kollegen waren noch viel zu geschockt, um irgendetwas zu denken oder um sich überhaupt Gedanken zu machen. So blieb ich mit meinen Gedanken und den Sorgen über die Zukunft allein, was auch nicht gerade zu einer optimistischen Stimmung führte. Ich beschloss, die Zeit zu nutzen, steckte meinen Kopf ins Gefieder und versuchte, trotz der ungewohnten Umgebung und des Lärms, ein wenig Schlaf zu finden. Ich wusste, in Zukunft würde ich all meine Kräfte fürs Überleben brauchen. Und ich war fest entschlossen, am Leben zu bleiben.

Kaum eingeschlafen, so schien es mir jedenfalls, wurde ich durch laute Geräusche wach gemacht. Es klang so, als wenn die Welt auf dem Kopf stehen würde. Mir war schwindlig, und ich hatte plötzlich einen irren Durst. Als ich meinen Kopf aus dem Gefieder hob, sah ich zu meiner Überraschung, dass meine Schwarmfreunde orientierungslos auf dem Boden herumliefen und ab und zu einfach zur Seite fielen. Auf jeden Fall konnte keiner von ihnen mehr fliegen. Mich traf der Gedanke wie ein Blitz: Deshalb hatte das Futter auch ein bisschen streng geschmeckt, und ich war trotz der ganzen Panik und Aufregung einfach eingeschlafen!

Vor vielen Tagen, als wir noch im Dschungel gelebt hatten, hatten wir einmal ein ähnliches Erlebnis gehabt, als wir uns mit mehreren Kollegen an gegorenen Früchten gelabt hatten. So ähnlich war das Gefühl jetzt auch. Mir war ganz wirr im Kopf von dem Mittel im Futter, und richtig sehen konnte ich auch nicht mehr. Aber was spielte das jetzt alles noch für eine Rolle, dämmerte es mir. Vergeblich versuchte ich gegen die aufziehende erneute Bewusstlosigkeit anzukämpfen, nur, um dann doch zu verlieren. Wie durch einen dichten Schleier bekam ich mit, dass die zweibeinigen Wesen unser Gehege betraten, wieder mit ihren Handschuhen geschützt, und mich und meine Kollegen einsammelten. Anders konnte man die Tätigkeit wirklich nicht beschreiben. Denn viele von uns lagen am Boden wie Früchte nach einem Sturm. Sie wurden in kleine braune Behälter gesteckt. Danach wurden diese Behälter vor dem Gehege in andere Behälter verpackt. So ging es eine Weile. Wie lange? Keine Ahnung. Dazwischen trat ich immer ganz kurz »weg«. Als ich wieder richtig bei Sinnen war, saß ich auch in so einem kleinen Behälter, und die Umgebung bewegte sich wieder wie bei dem Gefühl des Fliegens. Außerdem hatte ich entsetzlichen Durst, und mein Schädel brummte. Aber weder an Futter noch an Wasser war gedacht worden, und so war ich in meiner misslichen Lage ganz allein und versuchte irgendwie zurechtzukommen.

Trotz des komischen Gefühls des Fliegens und trotz des Geschockels wollte ich ein wenig Schlaf finden. Wenigstens gab es hier das grelle schmerzhafte Licht nicht, und der Krach, für unsere sensiblen Ohren das reinste Martyrium, hatte auch ein erträgliches Maß erreicht. Jetzt finde ich solche Kleinigkeiten schon total gut, dachte ich sarkastisch.

Die Traurigkeit begann mich wieder zu übermannen, wenn ich an unser schönes Zuhause im heimatlichen Dschungel dachte, an die Liebe und den Zusammenhalt, den wir uns im Schwarm gegeben hatten. Die wunderschöne warme Sonne, das Gezirpe meiner Schwarmgefährten, das Geschnäbel, wie sehr vermisste ich das alles! Die Einsamkeit war mir schier unerträglich. Nur noch einmal ganz kurz einen anderen Papagei sehen, hören, fühlen, riechen und das Federkleid berühren dürfen ... Stattdessen saß ich hier in einer stinkenden braunen Schachtel, »flog« irgendwo hin und entfernte mich von unserer Heimat, die es ja jetzt in dem Sinn sowieso nicht mehr gab, seit die zweibeinigen Wesen und ihre seltsamen Geräte alles zerstört hatten. Erneut rief ich mich zur Ordnung. Noch war ich nicht tot oder hatte Schmerzen durch eine Verletzung erlitten, also wollte ich das Beste aus der Situation machen. Was auch immer das für mich bedeuten mochte, aufgeben konnte ich immer noch, wenn es an der Zeit war oder ich gar keinen Ausweg mehr sehen sollte.

Ein erneuter Ruck schien nun endlich das Ende meiner Reise anzukündigen. Ich wurde mitsamt dem stinkenden Karton »ausgeladen« und erst einmal irgendwo abgestellt. Die Geräuschkulisse von draußen war mir gänzlich bekannt und doch unbekannt. Ich konnte einige Vogelstimmen hören, auch noch andere Laute, vermutlich von Tieren, aber von welchen, das herauszufinden, blieb meiner Phantasie überlasssen. Schließlich wurde der Deckel von meiner Behausung geöffnet, und es fiel wieder dieses schreckliche Kunstlicht zu mir herunter.

Aus guter Erfahrung stellte ich mich erst einmal tot und blieb einfach geduckt und mit geschlossenen Augen auf dem Boden der Kiste sitzen. Aber blinzeln musste ich dann doch, denn ich bin nun mal extrem neugierig. In meinem eingeschränkten Gesichtsfeld erschien nun erneut ein zweibeiniges Wesen, hob mich mit seinen geschützten Klauen heraus und setzte mich in einen für meine Verhältnisse recht kleinen Käfig. Aber was ist schon klein, wenn man einmal den ganzen Himmel durchflogen hat und nur der Horizont eine sichtbare Grenze gewesen war. Ich war noch viel zu fertig von der ganzen Sache und dem komischen Futter, als dass mir dieser Käfig Angst eingejagt hätte. Zuerst stillte ich meinen unheimlichen Durst, dann setzte ich mich auf eine Stange, vergrub den Kopf im Gefieder und versuchte Schlaf zu finden. Meine Umgebung interessierte mich im Moment herzlich wenig. Das sollte sich aber bald ändern ...

Es war wohl Morgen, als der Zweibeiner wieder kam und das künstliche Licht einschaltete. Verschlafen räkelte ich mich auf »meinem Ast« und machte mich dann auf den Weg zur Futterschale. Was für ein Abstieg, darauf angewiesen zu sein, was einem fremde Wesen vorsetzten, anstatt sich die frischen Sachen selbst zu suchen.

Aber der Hunger siegte, und ich begann, die nicht mehr sehr frischen Körner zu knabbern. Inzwischen beäugte ich meine Umgebung. Ich war mit verschiedenen anderen Tieren, darunter auch einigen Vögeln, auf engstem Raum untergebracht. Die anderen Leidensgenossen saßen auch in Käfigen wie ich oder aber in Kisten mit Futter und irgendwelchem Grünzeug oder Gras. Viele dieser Exemplare hatte ich noch nie gesehen. Da gab es welche, die sahen aus wie große Fellbündel mit langen Ohren und futterten lange rote Stangen. Andere wiederum sahen ähnlich aus wie kleine Ratten und liefen in einer Vorrichtung, die sich drehte. Ohne ein Stück voranzukommen oder dass das Ganze einen Sinn gegeben hätte. Das verstehe, wer will!

Mit der Zeit betraten immer mehr der zweibeinigen Wesen, große und kleine, den Raum, um sich uns anzusehen. Zu Anfang war es ja ganz interessant, aber mit der Zeit wurde es nervig. Dauernd die vielen Gesichter vor dem Käfig, ständiges Angepfeife und Geklopfe an den Stangen, dazu permanent das grelle künstliche Licht. Ich atmete erleichtert auf, als endlich das Erlöschen der künstlichen Sonne die Nacht brachte und damit auch Ruhe. Meine Augen schmerzten, und meine Sinne waren durch die vielen Eindrücke völlig überreizt. Es gelang mir zu Anfang nicht einzuschlafen. Aber schließlich übermannte mich dann doch die Erschöpfung und ich fiel in einen traumlosen bleiernen Schlaf.

Wieder begann ein neuer Tag, den das Angehen dieser Kunstsonne einläutete. Es sollte wohl jetzt die ganze

Zeit so weiter gehen damit. Als ich gerade an meinem Futternapf saß, auf der einen Seite die nicht sehr frischen Körner, auf der anderen Seite das abgestandene trübe Wasser, schaute ich kurz auf und betrachtete durch die Gefängnisstäbe meine Umgebung. Da dachte ich plötzlich, mich trifft der Schlag! Unweit von meinem Käfig kroch einer unserer schlimmsten Feinde herum. Dick und fett ringelte sich eine Dschungelschlange in ihrem sandigen Kasten und zischelte in meine Richtung. Mein Herz setzte einen Moment aus. Dieses Untier, das in unserer Heimat unsere Nester geplündert, die Eier gefressen und damit unsere ungeborenen Jungen getötet hat, wohnt jetzt mit mir Tür an Tür? Und zwar so nah, dass ich jede Schuppe seines Körpers sehen kann. Auf einmal richtete sich die Schlange auch noch auf und äugte genau in meine Richtung. Wie versteinert saß ich auf dem Ast und war vor Angst nicht in der Lage, mich auch nur ein Stück zu bewegen. Ich wusste, so nahe war ich dem Tod noch nie gewesen wie ausgerechnet hier in der Fremde. Wir kämpften früher im Schwarm todesmutig gegen dieses Wesen, wenn unsere Gelege akut bedroht waren, aber stets waren wir die Verlierer, und immer musste der eine oder andere von uns seinen Mut mit dem Leben bezahlen. Und nun saß ich eben diesem Feind ohne den Schutz des Schwarms hilflos gegenüber und konnte nur darauf warten, dass er zu mir herüberkam und meinem Leben ein Ende setzte.

Aber genau das geschah komischerweise nicht. Wie lange ich so dort saß, kann ich jetzt gar nicht mehr sagen, auf jeden Fall viele, viele Stunden. Ohne Hunger oder

Durst zu spüren, einfach nur bedacht darauf, ja nicht durch eine Bewegung die Aufmerksamkeit dieses Monsters zu wecken oder gar sein sonstiges Interesse zu erregen. Selbst als später das zweibeinige Wesen kam und die komische Sonne oben erlosch, blieb ich noch lange so sitzen und lauschte angestrengt in die Dunkelheit. Jedes Geräusch sträubte mir das Gefieder. War da nicht gerade ein Schleichen und Schlurfen vor meinem Gefängnis gewesen? An Schlaf oder auch nur Ausruhen war echt nicht zu denken. Denn wie stark im Gegenteil zu uns dieses Wesen war, hatte ich ja schon mit eigenen Augen gesehen. Und dass diese älteren Käfiggitter ihm kaum Widerstand leisten konnten, war mir aufs schmerzlichste bewusst. Also vertraute ich einfach auf mein Glück, das mich ja auch bisher nicht verlassen hatte.

Schließlich forderte die ständige Anspannung und Angst dann doch ihren Tribut von mir. Ich fiel von jetzt auf gleich in einen totenähnlichen Schlaf, der allerdings von wilden Träumen gestört wurde, in denen ich alle Schrecklichkeiten, die ich gesehen hatte, noch einmal durchmachte. Die Hauptrolle spielte natürlich unser Erzfeind, die Schlange von gegenüber. Sie fauchte, zischte, reckte ihre lange rote Zunge nach mir, drohte mich zu verschlingen, aufzufressen mit Federn und allem Drum und Dran. Die Träume drehten sich immer schneller in meinem Kopf, die furchterregenden Bilder wechselten immer häufiger, bis ich mich von allen Seiten verfolgt glaubte und mehr als einmal hochschreckte, immer in der Furcht, dieses Untier innerhalb meiner Behausung anzutreffen. Zum Glück war das ja nie der Fall, aber ich machte Schreckliches durch. Zumal ich ja keine Möglichkeit zur Flucht gehabt hätte, sondern meinem Schicksal hilflos ausgeliefert gewesen war.

8

Nach einem der vielen freudlosen Tage, die nur unterbrochen wurden durch Wasser trinken, lustlos im Futter picken und dösen, war diese furchtbare Bedrohung auf einmal verschwunden. Eines der komischen zweibeinigen Wesen ließ sich das Monster in eine Schachtel legen und gab einem anderen Wesen dafür komische Scheine aus Papier (heute weiß ich, dass das Geld war, wertvoll ist, und man sich damit soviel Körner kaufen kann, wie man will), und da verschwand dieser Alptraum aus meinem Leben. Endlich! Der frei werdende Platz wurde wieder mit einem Käfig mit durchsichtigen Wänden belegt, und mir schwante Fürchterliches. Aber zum Glück wurden da nur neue fremdartige Tiere hineingesetzt. Sie waren ungefähr so groß wie ich, hatten jedoch extrem lange Beine mit großen Füßen dran. Und mit diesen großen langen Füßen fingen sie an zu springen, immer weiter und höher. So etwas hatte ich ja noch nie gesehen! Das war total lustig, wie sie durch den eingestreuten Sand sprangen. Sobald sie nicht mehr konnten, blieben sie für kurze Zeit in einer

Ecke sitzen, um dann den rasenden Hüpflauf aufs Neue anzufangen. Das war so putzig, dass ich sogar für kurze Zeit meine eigene Situation vergaß und diesen »Kollegen« mit Freude zusah. Wenn man in einer solchen Lage ist wie ich, ist man mit der Zeit schon mit solchen Kleinigkeiten als Ablenkung zufrieden.

Nach einiger Zeit wurde das Schild vor meinem Käfig entfernt und mein Käfig an einen anderen Platz gerückt. Dass dies für mich keinen Vorteil brachte, erlebte ich bald. Denn nun waren dort noch mehr der zweibeinigen Wesen, die mich betrachten und meine Aufmerksamkeit mit irgendwelchen Geräuschen erreichen wollten. Ohne es eigentlich zu wollen, begann ich diese Wesen, die mir alles genommen hatten, was mir einmal lieb und wert gewesen war, zu hassen. Zuerst war mir dieses Gefühl gar nicht so bewusst, denn von Natur aus bin ich freundlich und verträglich. Aber die andauernde Folter meiner hoch sensiblen Sinne für Geräusche und Farben gab diesem neuen ungewohnten Gefühl immer mehr Nahrung.

Ich wünschte mir in all dieser schlimmen Zeit in der Gefangenschaft nur eines: Es diesen Wesen einmal richtig mit meinem scharfen Schnabel heimzahlen zu können, was sie mir angetan hatten. Und eines wurde mir in den vielen dunklen Nächten, in denen mich meine Träume an die alte Heimat nicht schlafen ließen, klar: Ich konnte auf meine Rache warten, und wenn es das Letzte war, was ich tun würde! Irgendwann in der Zukunft würde sich schon eine Gelegenheit für mich ergeben. Ich war richtig erschrocken, als mir diese Rachegefühle bewusst wurden, und ich nahm mir vor, es damit nicht zu ernst zu nehmen. Aber nach jedem Tag mit Licht und Krach wuchs das Rachegefühl weiter in mir. Ein ums andere Mal musste ich denken: Was haben diese zweibeinigen Wesen dir überhaupt angetan, und sind sie sich dessen eigentlich bewusst?

Eines Tages blieben zwei große zweibeinige Wesen und zwei kleinere Wesen lange vor meinem Käfig stehen. Ihre Stimmen waren laut, und ich konnte mir an den Klauen abzählen, dass es wahrscheinlich um mich ging. Nach viel Lärm und Geplapper kam das Wesen, dem der Laden offensichtlich gehörte (er war ja schließlich Herr über diese künstliche Sonne und kam früh zuerst, schaltete sie ein und dann am Abend wieder aus) dazu. Die komische Diskussion ging immer weiter, mit dem Ergebnis, dass wieder so ein kleiner widerlicher Transportkäfig geholt wurde und das Besitzerwesen sich zum Schutz seiner Klauen vor meinem scharfen Schnabel dieses unförmige Ding über seine Pfoten stülpte. Wenn ich eines gelernt hatte, so war es das: Gegenwehr war zwecklos, einfach hocken bleiben und den Apathischen spielen. Mal sehen, was dann auf mich zukommt. Ich ließ mich also ohne Gegenwehr von der Stange nehmen und in diesen dunklen Karton setzen. Der wurde dann bewegt, und wieder ging die Reise ins Unbekannte. Aber diesmal dauerte es nicht so lange wie sonst. Bald wurde der Deckel wieder geöffnet, und nachdem ich mich an das helle Licht gewöhnt hatte, sah ich auch mein schönes neues Zuhause. Ein großer Käfig ganz für mich allein mit Futter und Wasserschale, kein Feind in sichtbarer Nähe. Da meine

Gattung ja zu den neugierigen zählt, kletterte ich natürlich direkt aus meiner Kiste in diese neue Behausung.
Es gab da mehrere Sitzstangen und Ruheplätze, und vor allem war die hintere Seite von oben zugedeckt, so dass ich mich wie damals zu Hause nicht vor Feinden von oben fürchten musste und endlich in Ruhe schlafen konnte. Alle Gedanken an Rache waren erst einmal vergessen, und ich genoss die Annehmlichkeiten, die mir geboten wurden. Zum ersten Mal nach meiner Gefangenschaft schlief ich einigermaßen beruhigt und glücklich ein.
Am folgenden Morgen wurde ich erst spät durch das Öffnen meiner Käfigtür geweckt und war natürlich begierig darauf, meine neue Umgebung kennen zu lernen. Also, rauf aufs Käfigdach und erst einmal umgeguckt. Ich sah wieder echte grüne Pflanzen und dahinter den blauen Himmel! Wie ich das vermisst hatte! Ohne lange zu überlegen, startete ich zu einem Flug in Richtung Himmel: Doch der Spaß dauerte nur kurz, gleich darauf prallte ich gegen ein für mich unsichtbares Hindernis und klatschte zu Boden! Die beiden kleineren zweibeinigen Wesen kümmerten sich sofort um mich, und ich wurde in den Käfig zurückgetragen.
Es dauerte einige Zeit, bis ich mich so weit erholt hatte, dass ich einen klaren Gedanken fassen konnte. Das, wogegen ich geprallt war, musste aus dem gleichen Stoff bestehen wie die durchsichtigen Käfige an meinem letzten Aufenthaltsort. Es musste, das hatte ich ja am eigenen Körper erfahren, sehr fest und für meine extrem eingestellten Augen nicht zu erkennen sein. Denn meine Augen und die meiner Artgenossen

nehmen sehr viel mehr Bilder wahr, wie die anderer Lebewesen.

Als ich nun wieder aufs Käfigdach stieg, aufmerksam von den vier zweibeinigen Wesen beobachtet, erkannte ich nach genauem Hinsehen den Unterschied: Sobald sich das Sonnenlicht in diesem Material spiegelte, konnte man es auch genau ausmachen. Also versuchte ich es erneut, und diesmal gelang es mir ohne Absturz, auf einer der Pflanzen vor dem Material zu landen. Sofort begann ich natürlich in der Erde an der Pflanze herumzuwühlen. Wie lange hatte ich den Geruch und den Geschmack vermissen müssen! Das führte zu einem wahren Aufstand bei den zweibeinigen Wesen, und sie versuchten, mich davon abzuhalten.

Ich verstand die ganze Aufregung nicht, denn ich wollte ja nur haben, was mir meiner Meinung nach auch zustand und was ich für meine Gesundheit dringend brauchte. Je mehr man versuchte, mich wegzudrängen und mich von der Erde fernzuhalten, umso wütender wurde ich. Was bildeten sich diese Wesen eigentlich ein, dauernd zu bestimmen, was ich zu fressen, trinken oder sonstwie zu mir zu nehmen hatte?, dachte ich. Ich blähte mich in Drohgebärde auf und fauchte und zischte.

Das hatte einige Zeit auch Erfolg, aber dann gingen die Attacken auf mich wieder los. Die Zweibeiner kamen immer näher, schließlich wusste ich mir nicht mehr anders zu helfen, als eine dieser bedrängenden Klauen kräftig zu beißen. Und siehe da, sie ließen von mir ab, und ich konnte endlich in Ruhe die Stoffe zu mir nehmen, die ich brauchte, ohne gestört zu werden. Aus der Klaue, in die ich gebissen hatte, kam ein roter Saft, und damit war für mich klar: Auch diese in meinen Augen so allmächtigen Wesen konnten verletzt werden.

Aber mein Glück währte nicht lange. Nach einiger Zeit kamen zwei dieser Wesen zurück, nach dem Aussehen und dem Klang der Stimme zu urteilen, gehörten sie zum männlichen Teil der Rasse, und ich sah schon von weitem, was mir blühte: Jetzt hatten sie ihre Klauen wieder gut geschützt und wollten mich mit Gewalt dazu bringen, in meinen Käfig hineinzugehen. Alles wollte ich, nur das natürlich nicht. Na warte, dachte ich, denen zeigst du's jetzt aber! Schließlich kann ich fliegen und ihr Riesen nicht. Also los, gestartet und mir einen echten Spaß gemacht. Jedes Mal, wenn sie dachten sie hätten mich eingekesselt, startete ich sofort wieder. So ging das eine ganze Zeit. Nur hatte ich an eines nicht gedacht: Durch die lange Zeit meiner Gefangenschaft war meine Kondition nicht mehr die beste und mit Schrecken bemerkte ich, dass ich immer weniger Luft bekam und schließlich landen musste, ob ich wollte oder nicht. Damit hatte ich natürlich verspielt, und im Nu hatten mich die beiden Wesen gepackt und wieder in diesen Schachtel-Karton gesteckt. Ich musste erst einmal zu Atem kommen. Was hätte ich jetzt für einen kühlen Schluck Wasser gegeben! Aber damit konnte ich bestimmt nicht rechnen, so, wie ich die Wesen geärgert hatte. Der Kasten mit mir wurde hochgehoben, und es waren wieder die schon vertrauten Transportgeräusche zu hören mit allen Bewegungen dazu.

Als endlich der Deckel geöffnet wurde, erkannte ich an der Umgebung und der Lärmkulisse, dass ich wieder in meiner vorherigen »Heimat« mit den vielen anderen Tieren und Käfigen gelandet war. Mir sollte es recht sein, blieb ich also wieder im Käfig sitzen, ließ mich von den zweibeinigen Wesen beglotzen, hatte aber dafür mehr oder weniger meine Ruhe. Aber wie immer sollte es anders kommen.

Über meinem geöffneten Gefängnis begannen die Wesen ein großes Palaver mit dem Besitzer all dieser Käfige. Es ging ganz schön laut hin und her. Und der Mittelpunkt des ganzen Streites konnte nur ich sein, das war mir schnell klar. Schließlich wurde ich von einem Wesen mit geschützten Klauen hochgenommen, ein männliches Wesen hielt mich zusätzlich fest. Vor Angst klopfte mir das Herz bis zum Hals. Sie spreizten meine Federn auf, und dann kam ein silbrig glänzender Gegenstand in mein Blickfeld, der sah aus wie zwei große Halme. Damit wurde mir in die Federn gefahren, es ertönte ein schnappendes Geräusch, ein kurzer Schmerz, und es war vorbei. Einige meiner langen Schwanzfedern fielen zu Boden.

Na, wenn das alles war, dachte ich, so schlimm war es ja nicht. Unter erneutem lautem Palaver wurde ich wieder in den Karton verfrachtet, und die Reise nahm wieder ihren Lauf. Durch diesen ganzen neuen Stress schlief ich trotz der rumpelnden Bewegungen schnell ein. Zu viel Stress kann für meine sensible Rasse schnell tödlich sein. Schon mehr als einmal hatte ich Kollegen aus dem Schwarm aus solchen Ursachen sterben sehen.

Wieder in der Höhle der Wesen angekommen, wurde ich erneut in meinen Käfig gesetzt, die Tür blieb auf. Das wunderte mich, nach allem, was geschehen war. Was bezweckten sie denn damit? Ich, der sonst so ein Gefühl gar nicht gekannt hatte, war misstrauisch geworden. Was nach allen bisherigen Geschehnissen ja auch kein Wunder war. Na, auf jeden Fall stärkte ich mich erst einmal kräftig am Futternapf und trank ausgiebig.

10

Die Wesen standen still um den Käfig herum, was mich noch misstrauischer machte. Ich blieb erst einmal im Eingang meines Käfigs sitzen und versuchte, mir einen Überblick zu verschaffen. Ich fühlte mich irgendwie anders, leichter. Unsinn, sagte ich zu mir selbst und rief mich energisch zur Ordnung, das konnte gar nicht sein. Schließlich entschloss ich mich, einen Ausflug zu machen, und startete kurz entschlossen von der Stange aus. Aber statt geradeaus zu fliegen, bekam ich nur eine enge Kurve zustande und sah den Boden in erschreckender Schnelligkeit näher kommen. Ohne etwas dagegen tun zu können, schlug ich auf dem Ding, das diese Wesen Teppich nannten, mit einem harten Ruck auf. Ich muss wohl kurz ohne Besinnung gewesen sein, denn als ich wieder klar sehen konnte, standen alle Wesen um mich herum und schienen sich zu freuen, das konnte ich aus ihren Stimmen heraushören. Auch ein erneuter Startversuch endete kläglich. Ich verstand die Welt nicht mehr. Ich, einer der besten Flieger in unserem Schwarm, hatte plötzlich alles verlernt? Also begann ich mehr schlecht als recht den Rückweg zu meinem Käfig per Kralle und das war von hier unten aus ganz schön weit.

Verdammt, fluchte ich, was war denn nur mit mir passiert, und vor allem, wie gewann ich meine Flugkünste wieder? Ob dieser Probleme schwirrte mir der Kopf, aber eine Lösung fand ich nicht.

Eines der größeren Wesen schien schließlich so etwas wie Mitleid mit mir zu haben und ließ mich, als ich der Erschöpfung nah war, auf einen Stock steigen. Damit wurde ich dann zu meinem Käfig gebracht. Immer noch machten die Wesen einen erfreuten Eindruck, sie redeten durcheinander und lachten. Das steigerte meine Verwirrung noch um einiges. Am Käfig angekommen, steckte ich erst einmal meinen Schnabel ins Wasserbehältnis und trank und trank ... Beim nach vorne Überbeugen piekten mich komischerweise einige Federkiele im Rückenbereich. Das war doch früher nie der Fall gewesen. Also beschloss ich, dieser komischen Sache auf den Grund zu gehen, und begann, mich ausgiebig zu putzen. Auf der rechten Seite war alles in Ordnung mit meinem Federkleid. Als ich dann die Prozedur auf der linken Seite wiederholte, traf mich der nächste Schock: Dort fehlte rund die Hälfte meiner großen inneren langen Flugfedern, die ich dringend benötige, um überhaupt aufsteigen zu können, und mit denen ich hauptsächlich meine Flugrichtung bestimmen konnte. Erst langsam wurde mir klar, was sie mir angetan hatten: Sie hatten mich mit Absicht so verkrüppelt, dass ich nicht mehr machen konnte, was ich wollte, und nun auf Gedeih und Verderb ihrem guten Willen ausgeliefert war. Wie konnten diese Wesen nur so gemein sein? Es wäre genauso gewesen, als hätte ich ihnen im Gegenzug beide Fortbewegungsmittel, die sie Beine nannten, abgeschnitten und sie somit zu relativer Bewegungslosigkeit verdammt.

Der Schock saß ganz schön tief, und es dauerte einige Zeit, bis ich die ganze Tragweite des Geschehenen begriff. Danach verwandelte sich meine anfängliche Traurigkeit langsam, aber sicher in eine unbändige Wut. Das sollten sie mir büßen, auch wenn ich nur klein war und wenig Kraft hatte, aber die Rache würde mir gehören, da war ich mir sicher. Denn so intelligent sie auch sein mochten oder zumindest taten – man konnte bestimmt auch sie täuschen.

Also kletterte ich oben auf meinen Käfig, denn ein Zuhause kann man das ja wirklich nicht nennen und begann mich zu putzen. Und richtig, wie ich schon vermutet hatte, kamen die Zweibeiner näher, um zu sehen, was ich tat. Eines der kleineren Wesen versuchte sofort, mich zu streicheln. So etwas hasse ich, außer ein mir nahe stehender Schwarmkollege oder meine Partnerin tat das. Ich wartete geduldig, bis die diesmal ungeschützten Krallen des Wesens in meiner Reichweite waren, und biss dann mit meiner ganzen Wut zu ...

Belohnt wurde ich mit einem schrillen Gequietsche des jungen Zweibeiners und mit jeder Menge ihres komischen Lebenssaftes, der dem Wesen direkt die Krallen hinunterlief. Sofort versammelten sich die anderen Wesen um ihr verletztes Exemplar, und ein großes Gemurmel ging los. Das war mir egal, ich hatte mich wenigstens zum Teil für diese furchtbare Sache gerächt. Und was danach kam, war mir gleichgültig. Was sollte mir noch Spaß machen, wenn ich nicht mehr richtig fliegen konnte? Mit Vorsicht näherte sich nun einer der größeren Zweibeiner, um mich vorsichtig auf den Stock zu nehmen und zu versuchen, mich in den Käfig zu bugsieren.

Den Gefallen tat ich ihm natürlich nicht, sondern ich begann, den mir hingehaltenen Stock zu attackieren. Als ich immer mehr an den Rand des Käfigs zurückgedrängt wurde, startete ich noch einmal voll durch, obwohl ich das Ergebnis schon kannte: Ich knallte wieder auf diesen dicken Bodenbelag. Aber auch das war mir gleich. Nicht mehr richtig fliegen zu können, war für mich schlimmer, als irgendeine Verletzung zu ertragen. Erschöpft blieb ich an Ort und Stelle liegen. Nachdem ich mich einigermaßen erholt hatte, hockte ich mich einfach hin und harrte der Dinge, die kommen würden. Mochten sie mich schlagen oder mir nichts mehr zu fressen geben, mir war's egal. Mein Leben hatte jeden Sinn für mich verloren.

Die zweibeinigen Wesen umstanden mich und starrten auf mich hinunter. Keiner schien sich zu trauen, sich mir zu nähern. Das war mir nur recht, sie sollten mich endlich in Ruhe lassen! Nach mehreren vergeblichen

Versuchen, mich auf das Stöckchen zu locken, ging ich dann mehr automatisch auf ihr Angebot ein, einfach weil ich viel zu erschöpft war, um irgendein Gefühl zu empfinden. Ich fühlte weder Angst noch Hass, ich war einfach nur ausgebrannt, als sich die Käfigtür hinter mir schloss.

11

Diesmal wurde ich von den Wesen sogar direkt mit meinem Käfig zurück in meine bisherige »Heimat« gebracht. Irgendwie war ich sogar froh darüber. Denn hier kannte ich alles, hier quälte und jagte mich niemand. Niemand verstümmelte meine wichtigen Flugfedern, und ich wurde in Ruhe gelassen. Das war mir tausendmal lieber als dauernd dieses Hin-und-her-Geschubse-und-Gestreichele, das ich ja nun gar nicht leiden konnte. Ich bekam fast den gleichen Platz wie zuvor, und damit war für mich die Welt erst mal wieder in Ordnung. Mochten Futter und Wasser auch noch so schal sein, es gehörte mir, ich konnte daran gehen, wann ich wollte, und so viel davon nehmen, wie ich wollte. Das bedeutete für mich schon einen Hauch von Freiheit. Betrübt dachte ich: Wie weit ist es mit dir gekommen, und wie tief wirst du wohl noch sinken?

Eines Tages wurde ich von einem Gemurmel vor meiner Käfigtür geweckt. Müde blinzelte ich in die künstliche Sonne und dachte: Na, wo geht es denn nun wieder hin? Wieder zu so ein paar verrückten Wesen? Ehe ich mich versah, wurde ich von der geschützten Klaue des einen Wesens (vermutlich der Besitzer der Käfige und der künstlichen Sonne) aus meiner Behausung geholt und einem sehr dicken, offenbar männlichen Vertreter dieser Zweibeiner gezeigt. Er schien Gefallen an mir zu finden, denn gleich darauf saß ich wieder in einem schaukelnden Behältnis und fuhr einem unbekannten Ziel entgegen. Konnte ja eigentlich nur die Höhle von ihm sein, überlegte ich. Diesmal waren wir auch viel schneller am Ziel. Das war mir recht, denn ohne Orientierungsmöglichkeit im Dunkeln zu sitzen war für einen die Freiheit gewohnten Vogel wie mich eine kleine Hölle!

Der Deckel ging auf, und ich konnte meine neue Umgebung betrachten. Was ich da sah, gefiel mir gar nicht schlecht. Ein großer Käfig und vor allem viele grüne Pflanzen füllten erst einmal mein Blickfeld aus. Das dicke Wesen begann beruhigend auf mich einzureden, ich fasste etwas Mut und traute mich bis zur Tür meiner neuen Behausung. Das schien ihm zu gefallen. Er zog die Lippen hoch und ließ große Zähne sehen. Na, dachte ich, dann kann es nicht so schlimm werden, und begann mein Heim zu inspizieren. Gefiel mir mit der Zeit richtig gut. Futter, Wasser, alles da und total frisch. Schöne, große griffige Sitzstangen, etwas zum Spielen, keine Ahnung, was es darstellen sollte. Es waren komische Ringe aus irgendeinem Holz, zum

Knabbern, nahm ich an. Danach begab ich mich auf das Dach.

Der Ausblick sah gar nicht übel aus. Vor mir lag ein recht großer Raum mit Gestellen an der Wand und mit einigen Gegenständen, die diese Wesen zum Sitzen und zum Abstellen ihres Futters benutzen. Auf dem Boden lag etwas, das aussah wie künstliches Gras (heute weiß ich natürlich, es wird Teppich genannt und ist ganz weich zu meinen Klauen). Und dann waren da natürlich die vielen Pflanzen. Die wuchsen aber komischerweise nicht direkt aus dem Boden, sondern saßen in Gruben, die mit Erde gefüllt waren, ähnlich wie bei den anderen Verrückten, bei denen ich zuletzt gewesen war. Nur hier war alles größer und schöner, es erinnerte mich stark an meine verlorene Heimat. Sofort spürte ich tiefe Traurigkeit in mir aufsteigen. Wenn ich Tränen gehabt hätte, wären sie jetzt wahrscheinlich in Strömen geflossen!

Aber angesichts des schönen Ausblicks drängte ich die Traurigkeit zurück und beschloss, mein zukünftiges Leben so zu nehmen, wie es kam. Und das sah gar nicht so schlecht aus. Auch wenn ich immer noch misstrauisch gegenüber meinem neuen »Wesen« war, war ich alles in allem recht fröhlich, so weit man in meiner Lage davon sprechen konnte. Mein Tagesablauf spielte sich ein: Morgens wurde meine Käfigtür geöffnet, das Wasser wurde gewechselt, ich bekam neues Futter, das männliche Wesen sprach ein bisschen mit mir, und ich hatte praktisch den ganzen Tag zu meiner freien Verfügung. Mit der Zeit wuchsen auch meine Flugfedern wieder nach, und ich begann, vorsichtige Ausflüge in die nähere Umgebung zu machen. Das war recht interessant. Als ich zum Beispiel den Bereich anflog, wo sich der männliche Zweibeiner morgens immer eine Zeitlang aufhielt, fand ich ganz spannende Sachen. Gebilde, die entsetzlich rochen, mit großen Verschlüssen, und dann, zu meinem Schrecken, sah ich plötzlich noch einen Papagei. Geschockt blieb ich sitzen und guckte, was der andere wohl unternehmen würde. Drehte ich den Hals, tat er es auch, bekam ich rote Augen, tat er es mir nach. Bis ich schließlich näher heranging und feststellte, dass es eine glitzernde Scheibe war, ähnlich der, mit der ich schon Bekanntschaft gemacht hatte. Ich war ziemlich verwirrt und flog erst einmal zurück zu meinem Käfig, um zu futtern und alle Eindrücke zu verarbeiten. Zwischendurch fiel ich immer in einen leichten Dämmerschlaf.

Sobald es draußen dunkel zu werden begann, kam das zweibeinige Wesen zurück, um mit mir zu sprechen, und blieb so lange wach, bis ich mit Hilfe einen kleinen Stöckchens in meinen Käfig gesetzt wurde. Wenn ich dann in meinem Käfig saß und abgedeckt wurde, blieb ein kleiner Spalt auf, durch denn ich hinaussehen konnte. Das Wesen schaltete dann eine Kasten ein, der kurz flimmerte und danach bewegte Bilder zeigte. Ich verstand nicht, wie jemand darauf etwas sehen konnte.

Mit der Zeit trat eine Veränderung in meinem Tagesablauf ein. Morgens blieb alles beim Alten, aber abends kam das Wesen später nach Hause, um nach mir zu sehen. Nicht, dass mir das etwas ausmachte. Sobald ich müde genug war und das Licht zu schwinden begann, flutschte ich hinunter in meine Behausung, blähte mich auf, setzte mich auf ein Bein und war kurze Zeit danach eingeschlafen.

Eines Abendes lernte ich den Grund für sein häufiges Zu-spät-Kommen kennen. Was sollte es wohl sein: ein Weibchen! Das Weibchen kam hereinspaziert, schaute sich um und wollte mich begrabschen. Ein Fauchen meinerseits hielt sie aber ganz schnell davon ab. Mein Wesen umschwänzelte sie und brachte ihr ein rotes Getränk. Das erinnerte mich an unser Balzverhalten kurz vor dem Nestbau.

Das Weibchen kam nun öfter zu Besuch in unser »Nest«, er brachte ihr Geschenke (wie bei uns Papageigen; wir zeigten dann unser Gefieder oder die Zweige, die wir gesammelt hatten), bereitete Nahrung für sie und war auch sonst recht lieb zu ihr. Am lustigsten fand ich es aber eines Abends, als die beiden anfingen zu schnäbeln. Aber anstatt sich zu kratzen und zu beknabbern und sich die Schnäbel oberhalb der Luftlöcher zu liebkosen, drückten sie ganz einfach ihre Nahrungsöffnung engegeneinander! Ein komisches Verhalten legten diese zweibeinigen Wesen an den Tag! Den beiden schien das aber recht gut zu gefallen, denn sie konnten gar nicht mehr damit aufhören. Dann fing er auch noch an, seine Hände unter ihr Gefieder zu schieben und dort irgendetwas zu suchen. Durch den Spalt in meinem Handtuch, das über meinen Käfig gedeckt war, konnte ich alles genau beobachten. Dann begannen beide, ihr Gefieder abzustreifen! Darunter kam bei beiden Wesen die nackte Haut zum Vorschein, ohne eine einzige Feder! Die beiden begannen sich nun auf dem Boden zu wälzen, und ich musste eine Stange tiefer steigen, um alles weiter beobachten zu können. Offenbar machte es ihnen Spaß, ganz nackt, ohne Gefieder. Erst später bekam ich mit, dass diese Wesen gar keine Federn und von Natur aus nur die nackte Haut hatten. Um sich vor der Kälte und den Blicken der anderen zu schützen, trugen sie Dinge, die sie Kleidung nannten. Diese Kleidung konnten sie wechseln, also ein anderes Federkleid anziehen. Ich war mit dem Kleid zufrieden, das mir die Natur gegeben hatte. Es diente unter anderem auch zur Identifizierung im Schwarm und als Lockmittel bei der Brautschau.

Nachdem die beiden Wesen ihr Wälzen auf dem Boden beendet hatten, zog das Männchen eine kleine weiße Stange aus seiner Kleidung, machte mit einem anderen Gerät eine Flamme, hielt die weiße Stange dran und zog mit seiner Nahrungsöffnung daran. Da begann das Ding zu qualmen und zu rauchen. Beide zogen jetzt abwechselnd daran und schienen dies voll Wohlbehagen zu tun. Das waren schon komische Wesen, dachte ich, als die beiden ihre Kleidung wieder anlegten und einen roten Saft tranken. Dabei wurden sie mit der Zeit immer lustiger. Das war mir ein Rätsel, wie man von etwas trinken konnte und immer lauter und lustiger wurde. Da ich nichts anderes zu tun hatte, beschloss ich, an einem der nächsten Tage dieser Sache auf den Grund zu gehen. Noch etwas fiel mir auf: Je mehr die beiden Wesen von dem Saft tranken, desto undeutlicher wurde ihre Sprache. Von einer richtigen Verständigung konnte man am Ende nicht mehr sprechen, eher von einem Gemurmel. Mein neuer Besitzer brachte das

Weibchen dann schwankend zur Tür, stützte sie dabei noch. Als er zurückkam, kratzte er sich am Kopf und schlief auf dem Boden ein. Das tat ich nach diesem interessanten Tag dann auch.

12

Mit der Zeit bemerkte ich durch die Scheiben, dass sich draußen etwas veränderte. Die Bäume ließen ihre Blätter fallen, und es war überhaupt nicht mehr so schon grün, von der Sonne ganz zu schweigen. Sie schien nur noch einige Stunden am Tag und lange nicht mehr so kräftig wie vorher. Das versetzte mich ein wenig in Aufregung, denn bei mir zu Hause hatte ich so etwas nie erlebt. Ganz im Gegenteil, dort blieb alles immer grün, und die Sonne schien immer den ganzen Tag. Hier war das anders. Ich bemerkte den Unterschied nur nicht am eigenen Leib, weil die zweibeinigen Wesen über eigene Wärmeerzeuger verfügten, die das Nest mit einer gleichbleibenden Temperatur versorgten. So kam es mir jedenfalls vor. Wenn ich die Blumen und Gewächse in ihren Behältern anflog, bemerkte ich einen warmen Luftstrom, der aus irgendwelchen Rippenkonstruktionen herauskam. War gar nicht so unangenehm, aber auch wieder unnatürlich, ohne Wind oder so. Der fehlte mir ganz schön. Was ich aber am meisten vermisste, war meine Freiheit! Ich konnte nicht fliegen, wohin ich wollte, und ich konnte nicht essen, was ich wollte. Das war früher völlig normal und gehörte einfach dazu. Und jetzt fehlte es mir sehr, ganz gleich, wie gut ich in meinem weiteren Leben behandelt werden würde. Aber ich hatte ja beschlossen, das Beste aus meiner momentanen Situation zu machen, und vor allem nicht aufzugeben. Schon gar nicht in Gedanken an meine vielen Vogelkollegen, die das ganze Elend nicht überlebt hatten. Im Grunde war ich ja auch nur durch glückliche Umstände am Leben geblieben und hatte so die ganze bisherige Misere überstanden.

Wenn das Weibchen nicht da war, ging unser Tagesablauf seinen normalen Gang. Der Zweibeiner ließ morgens meine Tür auf, gab neues Futter und Wasser in die Näpfe und machte sich dann in den Nebenräumen des »Nestes« zu schaffen. Um diese Zeit war es draußen noch recht dunkel, ich blähte mich noch einmal auf und schlief weiter. Erst wenn es heller wurde und mein »Chef« schon lange hinausgegangen war, begann ich langsam wach zu werden und mich zu strecken und zu recken. Es folgten eine ausgiebige Federpflege und Knabbern. Danach ein kleines Morgenmahl am Futternapf, Wasser dazu, und der Tag konnte beginnen. Zunächst flatterte ich in der Gegend herum und frischte meine Mineralien aus der Blumenerde auf. Anschließend inspizierte ich den Ort, wo die beiden oder auch das Wesen allein gekocht hatten. Da fielen immer interessante Krümel an, die ganz hervorragend schmeckten, oder auch Reste von Früchten. Gar kein schlechter Ort also für mich. Auf einem kleinen Brett hatte das Wesen dann zumeist noch ein paar Nüsse, Früchte oder eine andere Leckerei für mich liegen lassen. Daran tat ich mich auch gütlich. Danach flog ich zur glitzernden Wand (Fenster genannt) und guckte, was draußen los war. Oft sah ich andere größere Vögel vorbeifliegen, aber die waren gar nicht bunt, sondern hatten dunkles Gefieder. Komisch, dachte ich, wie können sie sich dann im Schwarm unterscheiden? Ach, wie beneidete ich sie, wenn sie sich in den endlosen Himmel hineinschraubten und bald nicht mehr zu sehen waren ...

Als ich wieder einmal nach einer Nacht wach wurde, in der das Weibchen in unserem Nest zu Besuch gewesen war, war diesmal nicht alles aufgeräumt. Das hatte mein neuer Besitzer wohl am Morgen in der Eile vergessen. Auf dem Tisch (wie ich jetzt wusste), wo die beiden Wesen ihr Futter und »Wasser«? zu sich genommen hatten, standen noch Reste herum. Und wenn meine Rasse irgendetwas ist, dann neugierig! Ich also nichts wie dorthin geflattert, um mir die ganze Sache gründlich anzusehen. Ah, da waren ja wieder diese leckeren Krümel, die so gut schmeckten und sich toll zerbröseln ließen. Wir Papageien sind so genannte Zerlegevögel, das heißt, wir zerknabbern alles Mögliche für unser Leben gern. Nach dem Krümeln wandte ich mich einem gelben Block zu, den sich dieses Wesen auf abgeschnittene Stücke schmierte. Misstrauisch umkreiste ich das Ding erst einmal, so ganz geheuer war es mir nicht. Aber auf einmal steckte ich meinen Schnabel in diese komische Sache. Das hätte ich mal lieber nicht gemacht. Diese gelbe Masse war nämlich nachgiebig und so schlierig, dass sofort meine Atemlöcher damit zugesetzt waren und ich keine Luft mehr bekam! Ich geriet in Angst und Schrecken, legte einen Alarmstart hin, der sich gewaschen hatte, und versuchte auf meiner Behausung, diese ekelige Schmiere wieder loszubekommen. Zuerst reinigte ich mir die Schnabelseiten mit meinen Klauen, um wieder Luft zum Atmen zu bekommen, danach wischte ich den Rest an dem Tuch ab, das meinen Käfig nachts abdeckte. Das klappte zum Glück auch ganz gut und ich kam wieder zum Atemholen. In Zukunft würde ich diese Sache aber meiden wie die Schlangen. Ich erholte mich erst einmal von dem Schreck, nahm etwas Wasser zu mir und schielte zum Tisch hinüber.

Schließlich siegte die Neugier über die Angst und ich flog erneut dorthin. Machte aber diesmal einen großen Bogen um den gelben Block. Dann stieß ich auf einen grünen Lappen, der auch dort herumlag und nicht gefährlich aussah. Also probierte ich ihn, und siehe da, er schmeckte ganz vorzüglich. Tja, dachte ich, so konnte man es aushalten, gut futtern, dank der komischen Rippen unter dem Fenster immer angenehm warm temperiert, den ganzen Tag konnte ich tun und lassen, was ich wollte, keiner, der meinen Schlaf störte oder mir gefährlich wurde ... Fehlten halt nur die Heimat und die Gefährten aus dem Schwarm. Aber ich war überzeugt davon, dass es vielen Gefährten von mir schlechter ging. Was ich so während meiner Gefangennahme gesehen hatte ... da packte mich jetzt noch das kalte Grausen. Also sei mit dem zufrieden, was du hast, sagte ich mir wie schon so oft, und machte das Beste daraus. Schließlich hast du ja nicht umsonst alle Strapazen und Gefahren überlebt. Da kam ein Aufgeben für mich sowieso nicht in Frage. Jetzt aber weg mit den trüben Gedanken, schau dich lieber weiter in deiner Umgebung um, eventuell findest du ja noch etwas Leckeres zum Naschen oder Knabbern. Also lief ich ein Stückchen weiter und traf auf eines der Werkzeuge, mit dem die zweibeinigen Wesen ihre Nahrung auf runden Sachen zerteilten. Da ich schon mal gesehen hatte, wie scharf diese Dinger waren, machte ich einen großen Bogen drum herum. Hatte schließlich keine Lust, mir auch noch eine schwere Verletzung zu holen. Die Lage reichte mir jetzt schon, wie sie im Moment war. Eine Verschlimmerung brauchte ich echt nicht.

Auf jeden Fall fand ich noch ein paar Krumen. Das war lecker, mal etwas zu essen, was man sich selbst gesucht hatte, nicht was einem vorgesetzt worden war. Mein Besitzer meinte es bestimmt gut, aber eine Abwechslung war das Futter wirklich nicht. Ich beschloss einfach, etwas weniger zu essen, eventuell bemerkte er ja, was los war, dachte ich.

Nach einigen Tagen fiel dem zweibeinigen Wesen auf, dass ich offensichtlich nicht genug aß. Das schien ihm Sorgen zu bereiten. Kurz darauf kam es mit einem rechteckigen Ding an und schaute hinein. (Jetzt weiß ich, dass sie das Buch nennen). Nachdem der Zweibeiner es gründlich studiert hatte, brachte er eines Abends völlig anderes Futter nach Hause, mit Nüssen drin und allem, was ich so liebte, getrocknete Früchte und Sämereien. Das gefiel mir! So konnte ich das Leben aushalten.

Manchmal saß das Wesen abends vor meinem Käfig und schien sich zu freuen, dass es mir wieder schmeckte. Das merkte ich daran, dass es immer öfter dabei seine grässlich großen Zähnen entblößte, um mich »anzulachen«. Da konnte einem schon angst und bange werden. Aber in der Zwischenzeit hatte ich mich an manche Geste gewöhnt und empfand sie nicht mehr so schlimm wie zu Anfang. Übrigens ging der Zweibeiner mit mir ganz anders um, seit er sich das Buch gekauft hatte. Wollte ich mal nicht gekrabbelt werden, ließ er mich im Gegensatz zu früher in Ruhe. Also konnte es gar nicht so schlecht sein, was darin stand. Unser Verhältnis besserte sich mit der Zeit immer mehr. Einer war praktisch froh, so kam es mir vor, dass er den anderen hatte. Das zweibeinige Wesen war beileibe kein Ersatz für meinen Schwarm und meine Kollegen. Aber unter diesen schwierigen Umständen war es doch besser als nichts. Und sich dauernd selbst zu krabbeln war auf die Dauer auch langweilig. Da ließ ich mich doch dann am Abend lieber von ihm ein wenig scharren.

Eines Morgens, die beiden Wesen waren am Abend wieder einmal bei uns im »Nest« gewesen, ging ich auf Erkundung. Auf dem Tisch stand ein durchsichtiges Gefäß mit dem roten Zeug, das die beiden so verwirrt hatte. Meine Neugier ließ mit keine Ruhe, ich musste wissen, was drin war! Also flatterte ich auf den Rand des Gefäßes und tauchte meinen Schnabel in die Flüssigkeit. Der erste Schluck schmeckte bitter. Aber ich wollte es wissen. Ich trank weiter und mit der Zeit schmeckte es auf einmal gar nicht mehr so übel wie zu Anfang. Ich nahm noch einen Schluck und noch einen und noch einen. Als ich dann zu meinem Käfig zurückfliegen wollte, hatte ich echte Schwierigkeiten, das Ziel ins Auge zu fassen. Auf einmal standen zwei von der Sorte ... seltsam, seltsam. Der erste Anflug ging voll daneben und ich landete auf dem Teppich. Auch der nächste Anflug missglückte. Nun beschloss ich, auf Nummer sicher zu gehen, und begann den Aufstieg per Kralle. Das dauerte schrecklich lange. Oben gab es noch das Problem der zwei Türchen, durch die ich in den Käfig musste. Zwei Stück, ich verstand die Welt nicht mehr. Endlich auf meiner Sitzstange angekommen, war ich einfach nur froh, es geschafft zu haben. Mir war etwas schwindlig, und ich fragte mich vor dem Einschlafen, wie schlimm wohl der nächste Tag werden würde.

13

Schlimm wurde er, der nächste Tag! Ich wachte mit einem Gefühl der Übelkeit auf, dazu war mir noch schwindeliger als am Tag zuvor, und die ganze Behausung drehte sich um die eigene Achse ... Dass es so etwas überhaupt gab, ich konnte es gar nicht begreifen. Und das alles nur durch ein paar Schlucke von dieser verdammten roten Brühe. Jetzt verstand ich besser, warum die Zweibeiner nach einer gewissen Menge davon so komische Laute ausstießen und so krumm in der Gegend herumliefen.

Allerdings auf diese Erfahrung hätte ich doch lieber verzichtet. Aber für diese Erkenntnis war es nun zu spät. Ich trank erst einmal in Ruhe Wasser und erfrischte mich dann etwas. Ich hätte nie gedacht, dass das Tageslicht so grell und schmerzend für meine Augen sein konnte. Richtigen Hunger hatte ich nicht, also beschloss ich, auf meine Stange zurückzukriechen und die Welt so zu lassen, wie sie nun einmal war: grell und hell, sich drehend und übel. Ich steckte meinen Kopf wieder in die Rückenfedern, schlummerte vor mich hin und ergab mich meinen Träumen von zu Hause.

Als ich das nächste Mal richtig wach wurde, war es draußen wieder dunkel, mein »Chef« war schon zurück und hatte überall das Licht eingeschaltet. Auch andere Vorbereitungen waren getroffen worden, aus denen ich entnehmen konnte, dass er heute Abend sein Weibchen erwartete. Einige Zeit später wurde mein Käfig abgedeckt, aber ich hatte mir in weiser Voraussicht ein Guckloch in das Tuch gebissen. Zu diesem kletterte ich nun hinunter, um einen Blick in die Umgebung zu tun. Was ich da sah, gefiel mir überhaupt nicht: Das Weibchen war schon eingetroffen, aber von Gefiederpflege keine Spur. Ganz im Gegenteil, sie sahen beide aus, als wollten sie sich gleich die Augen auspicken. Standen voreinander wie Streithähne und keiften sich an. Um was es ging, konnte ich natürlich nicht verstehen, aber die ganze Situation sah gar nicht gut aus. Mein »Chef« regte sich sehr auf und wurde immer lauter. Und dieses Weibchen schrie einfach zurück. So ging es eine ganze Weile hin und her, bis sich beide anscheinend nichts mehr zu sagen hatten. Zu meiner größten Verwunderung nahmen sich die beiden Wesen plötzlich in die Arme und begannen zu schnäbeln. Zum Abschluss wälzten sie sich wieder auf dem Boden.

Da verstehe noch einer diese komischen Wesen. Erst beschimpfen und Schnabelhacken, bis fast das Blut kommt und dann zum Schluss auf einmal das ... Einfach unverständlich die ganze Sache, sagte ich mir und kraxelte zurück auf meinen Sitzplatz. Im Grunde genommen war mir das alles ziemlich egal, aber jede Situation, die meinen »Chef« belastete, konnte auch für mich in Zukunft Gefahren bringen. Denn ich konnte mich ja nicht mehr selbst versorgen, war somit ganz auf das Wohlwollen des zweibeinigen Wesens angewiesen. Das fing beim Wasser und Futter an und hörte bei der Öffnung meiner Behausung auf. Ich konnte praktisch nichts mehr allein tun, um mein Überleben zu sichern. Diese Erkenntnis machte mich gar nicht glücklich. So blieb mir nichts weiter übrig als abzuwarten, was mir die Zukunft bringen würde.

Als ich eines Morgens ausgeruht wach wurde und meine üblichen Verrichtungen erledigt hatte, flog ich mal wieder zu dem glänzenden Ding, Scheibe bei den

Wesen genannt. Und ich dachte, mich trifft auf der Stelle der Schlag! Nicht nur, dass die Bäume alle Blätter abgeworfen hatten, nein, jetzt waren sie auch noch von einer weißen Substanz bedeckt, die in dichten Flocken direkt aus dem Himmel herabkam. Was sollte ich nun davon halten? So etwas hatte ich ja noch nie gesehen. Neugierig fragte ich mich: Wie würde sich dieses weiße Zeug wohl anfühlen, war es kalt oder warm, gefährlich oder nicht? Aufgeregt lief ich nun an der Scheibe entlang und versuchte, wenigstens eine dieser interessanten Flocken zu kriegen. Was natürlich Blödsinn war. Aber so hatte ich wenigstens das Gefühl, irgendetwas getan zu haben, um meine Neugier zu befriedigen. Die weißen Flocken fielen den ganzen Tag, ich konnte gar nicht genug bekommen, mir das immer wieder anzusehen. Schließlich siegte der Hunger, ich aß etwas und steckte danach noch ein Stündchen den Kopf in die Federn. An diesem Tag blieb mein »Chef« lange weg, bemerkte ich nach einiger Zeit, denn draußen begann es schon fast wieder dunkel zu werden.

So richtig hell mit Sonne war es ja ohnehin nicht gewesen. Das war schon ein komisches Land, in das es mich da verschlagen hatte. Kein anderer Papagei weit und breit, von den übrigen Tieren ganz zu schweigen. Selten sah man überhaupt einmal die Sonne, jedenfalls zu der Zeit, in der ich hier angekommen war. Und wenn überhaupt, dann war sie nur kurz da und ohne Kraft und Wärme. Das konnte natürlich auch daran liegen, dass ich hier in diesem Nest eingesperrt war und die wunderschönen wärmenden Strahlen nicht richtig fühlen konnte.

Mit schwindendem Licht wurde ich wieder müde und ich flog zurück zu meinem Käfig, um mich für die Nacht zurechtzumachen. Das hieß ein letztes Mal essen und trinken, dann das Gefieder noch einmal richtig legen und mit dem Schnabel gründlich durchgehen. Dann auf die Schlafstange geklettert und schließlich den Kopf tief in die Federn verpackt ...

Ich hatte noch nicht lange geschlafen, da wurde ich von hellem Licht und ziemlich viel Lärm geweckt. Mein »Chef« und das Weibchen kamen in den Hauptraum gestolpert und tobten dort herum. So, wie es aussah, hatten die beiden wieder zu viel von dieser roten Brühe getrunken. Mein Zweibeiner kam zu mir, um den Käfig abzudecken, damit ich nicht gestört wurde. Er kümmerte sich wirklich sehr gut um mich, auch mit dem Futter und dem täglichen Obst. Außerdem konnte ich so oft fliegen, wie ich wollte, und vor allem, wohin, ohne dass mir jemand reinredete oder mir die Federn beschnitt. Da war jetzt so ein bisschen Lärm und Licht nicht der Rede wert, damit konnte ich gut leben. Außerdem kannte ich das ja schon. Lange würde das eh nicht gehen, denn mein »Chef« hatte schon eine neue Flasche, wie sie diesen Behälter nannten, mit dem roten Zeug aufgemacht. Das würde, wie ich die beiden Wesen inzwischen kannte, schon bald seine beruhigende Wirkung tun. Und damit war meine Nachtruhe gesichert. Genauso kam es auch. Die beiden wurden immer stiller, und er brachte das Weibchen dann nach einiger Zeit wieder zu Tür. Heute einmal ohne Schnäbeln und so.

14

Mit der Zeit merkte ich, dass sich das Verhältnis zwischen meinem »Chef« und diesem Weibchen änderte. Sie kam nicht mehr so oft in unser Nest wie sonst. Er war am Abend wieder öfter zu Hause. Nicht, dass ich darüber traurig gewesen wäre. Gehörte mir dann doch seine ganze Aufmerksamkeit. Er krabbelte mich im Gefieder, wenn ich auf seiner Schulter saß. Am besten war es aber, wenn er seine langen »Klauen«, sprich Beine, auf die Unterlage legte, worauf sie sonst ihr Futter zu sich nahmen. Dann flog ich sofort auf sein Knie und richtete mich da häuslich ein. Meist trug er dann ein anderes Gefieder, Kleidung meine ich natürlich. Die war angenehm weich und schön warm unter meinen Klauen. Natürlich wurde ich dann immer weiter gekrault. Das tat gut. Es war zwar kein Ersatz für die Gefiederpflege eines Partners oder Schwarmkollegen, aber immerhin besser als nichts.

Ab und zu unterhielt sich mein »Chef« mit dem Weibchen über eine Apparatur mit einer Schnur, die konnte man sich ans Ohr halten, nachdem man auf der Grundfläche herumgehämmert hatte. Offenbar kam dann ihre Stimme aus diesem Ding. Aber der Tonfall, in dem sich da unterhalten wurde, verhieß nichts Gutes.

Bei einem der folgenden Treffen kam es dann richtig zum Krach. Mein »Chef« hatte viele Sachen eingekauft und alles, auch die Unterlage für die Speisung, verschönert. Er legte große Lappen auf die Unterlage, und davor kamen die Sitzgelegenheiten. Anschließend stellte er noch Blumen drauf und ging dann in den

Raum, wo ich sonst immer die leckeren Krümel fand. Dort werkelte er geraume Zeit herum. Ich flog natürlich hinüber, um zu sehen, was da vor sich ging. Im ersten Moment erschrak ich. Mein »Chef« hatte auf einem rechteckigen Ding viermal Feuer entzündet, Feuer, der Todfeind unseres Lebensraumes. Als sich mein erstes Entsetzen gelegt hatte, bemerkte ich, dass er einige Behälter auf die Flammen stellte. Offenbar, um seine Nahrung zu erwärmen. Dann schnitt er wieder Scheiben von dem leckeren Krumenzeug ab. Dazwischen klingelte es an der Tür: Aha, das Weibchen kündigte sich an! Er flitzte hin und begrüßte sie überschwänglich. Auf den Tisch kam wieder das ekelige rote Zeug und wurde unter intensivem Schnäbeln von den beiden Wesen konsumiert. So ging es eine ganze Weile. Mein »Chef« trug schließlich die Nahrung auf, und es wurden zu meiner Überraschung jetzt auch auf der Unterlage schlanke Säulen angezündet. Die gaben weniger Licht, aber den beiden schien es zu gefallen. Nun begannen sie, die aufbereitete Nahrung zu verzehren. Eigentlich verstanden sie sich ganz gut. Das heißt, was ich von dem bisschen ableiten konnte, was ich bis jetzt zwangsweise über die Wesen hatte lernen müssen. Hinterher gab es dann noch grünes Zeug, das mich entfernt an unsere Blätter im Dschungel erinnerte. Offensichtlich mit viel Appetit taten sich beide daran gütlich.

Im Anschluss daran ging es mit intensivem Schnäbeln weiter. Dann ging mein »Chef« zu einem anderen Gebilde im Nest, worin er Sachen aufbewahrte (Inzwischen weiß ich, dass das Gebilde ein Schrank genannt wird). Daraus holte er ein kleines buntes, rechteckiges Ding heraus und übergab es mit viel Getue dem Weibchen. Die begann es gleich wie eine frische Frucht zu öffnen und klappte es auf. Ich flog heimlich auf den Durchgang zwischen dem Arbeitsraum für die Speisen und dem anderen Raum des Nestes. So etwas sah man ja schließlich nicht alle Tage! Von dort konnte erkennen, was in diesem komischen Ding drin war. Als das Weibchen den Gegenstand herausnahm, sah ich, dass er rund war und im Licht der beiden angezündeten schlanken Säulen glitzerte und funkelte. So ein tolles Spielzeug hätte ich auch gern gehabt. Offenbar erwartungsvoll stand mein Wesen nun vor dem Weibchen. Ich habe ja schon einmal erwähnt, dass wir bei der Brautschau und beim Nestbau ähnliche Sachen machten. Wir zeigten unserer möglichen Partnerin unser Gefieder von der besten Seite oder schleppten Äste oder andere kleine Sachen heran, um sie zu umwerben und zur Paarung anzuregen. Aus dem ganzen Gehabe der beiden Wesen konnte ich ableiten, dass sich hier etwas Ähnliches abspielte.

Lange Zeit sagte oder tat keines der Wesen irgendetwas, sie saß, er stand einfach nur da. Dann erschienen im Gesicht des Weibchens glitzernde Tropfen. Das mussten Tränen sein, von denen ich schon gehört hatte. Nach einer langen Zeit des Zögerns sprach sie mit leiser Stimme zu ihm, und das, was er da hörte, schien ihn gar nicht zu erfreuen. Dann schob sie ihm das glitzernde runde Ding wieder hinüber. Offensichtlich hatte sie sein Werben nicht angenommen, nur das konnte es eigentlich heißen. Er schlug jetzt seine Klauen vor das Gesicht und konnte offensichtlich gar nicht begreifen, was da geschah. Irgendwie tat er mir leid. Vor allem konnte ich das sehr gut nachempfinden, zumal ich schon selbst in so einer Situation gesteckt hatte. Man fühlt sich, wenn so etwas passierte, ganz einfach nur mies und denkt, gleich müsste die Weit untergehen. Das tat sie natürlich nicht, aber bis man das begriff, verging einige Zeit. Auch ich begriff damals, dass es noch andere nette Weibchen gab, und versuchte mein Glück erneut. Und dann klappte es doch tatsächlich. Hoffentlich begriff mein »Chef« das auch so bald wie möglich, ohne daran kaputtzugehen, dachte ich. Im Moment sah es eigentlich nicht so gut aus. Es herrschte ein schier endloses Schweigen zwischen den beiden Wesen. Schließlich raffte sich das Weibchen auf und verließ fluchtartig unser Nest, ohne sich noch einmal umzusehen.

Alles in allem nahm ich diesen Vorgang auf die leichte Schulter. Mein »Chef« machte sich allerdings daran, alles rote Zeug, das er finden konnte, in sich hineinzuschütten. Dabei saß er wie ein Häufchen Elend auf dem Teppich neben meinem Käfig und klagte mir wohl sein Leid, wie ich annahm. Nach einiger Zeit wurde er immer undeutlicher und sank schließlich in eine Schlafposition zusammen. Dabei gab er laute grunzende Geräusche von sich. Das erinnerte mich an ein Tier aus dem Dschungel, aber das hatte vier Pfoten und einen komischen Rüssel als Schnauze. Da das Licht mich zu stören begann, kletterte ich auf meinen geschützten Schlafplatz und plusterte mich auf.

15

Mein Zweibeiner erholte sich offensichtlich nicht richtig von dem Schock, den ihm die Ablehnung seiner Werbung versetzt hatte. Morgens wurde es schon einmal später, bis er endlich meine Käfigtür öffnete. Er wirkte auch gar nicht mehr so lustig und beschwingt wie zuvor.

Eher sah er aus, als wenn er die Lust am Leben verloren hätte; mal war kein frisches Wasser da, mal fehlten die frischen Früchte auf einer Unterlage aus Holz. Gut, ich bekam sie dann am Abend nach und konnte aus dem Gehabe des Wesens erkennen, dass es ihm wohl sehr leid tat, sie vergessen zu haben. Was mir aber am meisten zu denken gab, war die Tatsache, dass er nun fast jeden Abend, sobald er nach Hause kam, das rote Zeug in sich hineinschüttete, ja, anders kann man das gar nicht beschreiben. Manchmal sah das Getränk auch braun aus und hatte oben auf dem Trinknapf einen weißen Ring drauf, der warf dann viele Blasen und lief am Trinknapf herunter. Auch davon schüttete er ziemlich viel in sich hinein. Ab und zu benutzte er nach vielen der roten oder braunen Tränke das Gerät, das aussah wie eine unserer gebogenen Früchte und sprach dort hinein. Für mich war es offensichtlich, dass er das Weibchen auf diese Weise noch einmal umstimmen wollte, was aber natürlich nicht klappte. Sie hatte bestimmt schon einen anderen Brutpartner gefunden, nach der Kürze des Geschnatters zu schließen. Danach saß er immer ziemlich traurig auf der weichen Unterlage in unserem Nest, schlug seine Klauen vors Gesicht und gab diese schluchzenden Geräusche von sich, begleitet von den glitzernden Dingern, Tränen genannt. Wenn es ganz schlimm wurde, flog ich schon mal auf seine Schulter, um ihn sanft mit meinem Schnabel zu beknabbern und um ihm zu zeigen, dass er nicht ganz allein war. Ab und zu half das auch, und er kraulte mich dann ausgiebig in meinen Federn oder strich mir über meine Kopfkrone. Das war das größte der Gefühle! Das hatte meine Gefährtin im Dschungel auch immer, kurz bevor die Sonne unterging, mit mir gemacht. Und bei den Gedanken an diese verlorene Heimat wurde ich auch traurig.

Da saßen wir nun, zwei völlig verschiedene Wesen, aber doch irgendwie ähnlich in unserer Traurigkeit. Immer öfter schlief mein »Chef« auf der weichen Unterlage, Teppich genannt, ein, auch ohne sein Federkleid zu wechseln. Wach wurde er dann spät, da saß ich vor dem noch verschlossenen Türchen und wartete auf den ersten Ausflug. Er kam sehr eilig vorbei, machte nur das Nötigste und verließ in rasendem Lauf das Nest. Rumms machte es draußen am Ende unseres Nestes, und dann herrschte erst einmal Ruhe und ich blieb allein mit meinen Gedanken zurück. Mir gefiel diese Entwicklung immer weniger, denn wenn meinem »Chef« etwas Schlimmes widerfahren würde, hätte dies auch umgehend böse Folgen für mich und meine weitere Zukunft. Wir verstanden uns jetzt ziemlich gut, viel besser als zu Anfang, als ich eingezogen war. Ich sah, wenn es mit meinem Wesen so weitergehen würde, für meine persönliche Zukunft schwarz.

16

Wieder einmal war so ein mieser Abend mit meinem »Chef«. Aufgefallen war mir schon, dass er seit einigen Tagen unser Nest gar nicht mehr verließ. Am Morgen, mein »Chef« hatte mal wieder viel von dem roten Saft zu sich genommen, klopfte jemand an den Zugang zu unserem Nest. Mein Besitzer war auf der weichen Unterlage selig entschlummert und starrte zuerst orientierungslos umher, bis das Klopfen an Lautstärke zunahm. Dann raffte er sich endlich auf und ging zum Eingang. Ich hockte auf dem Bücherschrank (schön erhöht, da bekommt man alles gut mit), hörte nur ein Fluchen, dann kam er mit einem Umschlag zurück, den er tobend zerriss.

Jetzt konnte ich mir denken, warum er morgens nicht mehr aus dem Nest gehen musste, er hatte wohl gerade seine »Futterstelle« verloren. Zerzaust ging er los und knallte die Tür hinter sich ins Schloss. Einsam blieb ich zurück, achtete auf jedes Geräusch von draußen und hoffte, dass er bald wiederkäme, denn was sollte ich sonst machen?

Er kam auch bald zurück, aber als ich ihn fröhlich begrüßen wollte, schüttelte er mich barsch von seiner Schulter und widmete sich wieder den Behältern mit der roten Brühe. Die schüttete er mit sichtlich wachsender Wut und zunehmender Lautstärke in sich hinein. Futter und Wasser hatte ich noch nicht frisch bekommen, aber ich war viel zu erstaunt über das neue Verhalten meines Wesens. Also suchte ich mir lieber einen sicheren Platz im Regal und sah der Sache mit wachsender Sorge zu.

Als es dunkler wurde, war der Zweibeiner wieder bei der Tränen-Phase angekommen. Kein Wunder bei dem vielen roten Zeug! Erneut versuchte er mit dem Weibchen zu telefonieren, aber die Antwort schien kurz und bündig zu sein und hieß wohl nein, keine Brut, kein Nest. In seinem Leid fing er an, sich wieder mit mir zu beschäftigen, er kraulte mich am Hals und war sehr lieb zu mir.

Lange Zeit saß er dann apathisch auf dem weichen Bodenbelag und stierte vor sich hin. Schließlich erhob er sich und schlich in die Nasszelle. Als er zurückkam, hatte er nicht nur eine neue Flasche des roten Zeugs in der Hand, sondern auch kleine, runde weiße Dinger. Die hatte ich noch nie hier gesehen. Er begann ganz ruhig mit mir zu sprechen und schüttete sich dabei abwechselnd rotes Zeug und ein paar von diesen weißen Dingern in den Hals. Anschließend öffnete er die große gläserne Tür nach draußen. Sein Gang wurde unsicher, und er fiel häufig auf seine Klauen und kam schwer hoch. Na ja, dachte ich, das ist ja schon öfter passiert, und wenn er geschlafen hat, war alles wieder gut. Schließlich sank das Wesen, wirres Zeug murmelnd, auf dem Bodenbelag zusammen.

Da es immer dunkler wurde, flog ich allein zu meinem Käfig und setzte mich auf meinen Schlafplatz, steckte den Kopf in die Federn und schlief auch schnell ein.

Noch ehe es richtig hell war, wurde ich von einer großen Kälte geweckt, die sich im ganzen Raum breit gemacht hatte. Verschlafen schaute ich mich um und musste zu meinem Schrecken sehen, dass das Wesen noch immer an der gleichen Stelle lag wie gestern, als es dunkel wurde. Ich bekam Angst und flog aus meinem Käfig, um zu sehen, was los war. Die große Tür aus Glas stand immer noch offen, und von draußen kam Eiseskälte herein. Hinzu kam, dass sich etwas von dem weißen pulverartigen Zeug (Schnee nennen es die Wesen) bis zu meinem Besitzer auf den Bodenbelag niedergelassen hatte. Und durch den Sturm draußen wehte immer noch mehr in den Raum.

Ich flog trotz der Kälte zu meinem Wesen, setzte mich auf seine Brust und krabbelte zu seinem Gesicht hoch. Mit ausführlichem Geschnäbel versuchte ich seine Aufmerksamkeit zu erregen, Seltsamerweise brachte das gar nichts, auch ein Zwicken in die Nase hatte nicht die erhoffte Wirkung. Lautes Gekreische ließ ihn ebenfalls kalt. Ich fühlte, wie die Panik mit eisiger Klaue an mein Herz griff! Was hatte das alles zu bedeuten? War mein Wesen tot? Was sollte jetzt aus mir werden? Aufgeregt krächzend flatterte ich durch den Raum.

Inzwischen war die Sonne trübe aufgegangen, und ich war mit meiner Weisheit am Ende. Mein Wesen lag kalt und bewegungslos noch immer an der gleichen Stelle. Ich musste wohl davon ausgehen, wieder allein zu sein.

Die Zeit verging einfach so, ich war zu apathisch und traurig, um das richtig zu merken. In der Nacht wurde es nun empfindlich kalt, die Heizröhren schafften es kaum gegen die Kälte, die von außen hereinkam. Auf dem Weg zur Tür zu unserem Nest stand zum Glück so ein schwarzer Kasten, wo einige lange Kästen herausgezogen waren. Da lagen dicke Stoffe drin, und für mich bedeutete das die Rettung. Immer wenn es dunkel wurde, flog ich zu einem dieser Kästen und kroch ganz tief in diese warmen Stoffe hinein. So blieb ich dann die ganze Nacht sitzen. Ich nehme an, dass mir das das Leben gerettet hat.

Es dauerte nicht lange, da war mein Futternapf leer, und, was noch viel schlimmer war, ich hatte kein Wasser mehr! Wenn ich also nicht sterben wollte, musste ich mir beides besorgen.

Obwohl ich große Angst hatte, flatterte ich nun doch gezwungenermaßen zu der offenen Glastür und probierte etwas von dem weißen Zeug, das davor lag. Das schmeckte gar nicht so schlecht, wie ich gedacht hatte, recht kalt, aber einmal im Schnabel, lief es nach kurzer Zeit hinunter wie richtiges Wasser. Auch einige Körner fand ich noch auf dem Teppich. Mutiger geworden, latschte ich näher an die Öffnung heran, als plötzlich ein großer Schatten auf mich fiel! Vor Schreck war ich wie versteinert, dann schaute ich vorsichtig hoch und sah über mir einen großen schwarzen Vogel sitzen. Der beäugte mich aus großen schwarzen Augen. Ohne ein Risiko einzugehen, flatterte ich mit einem irrsinnigen Anlauf zurück in den Raum, nur weg von diesem komischen Artgenossen. Aus der sicheren Entfernung und im Bücherregal versteckt, beobachtete ich, wie er vor dem Fenster entlangstapfte. Ich zog mich schnell ins Innere unseres Nestes zurück und war wie gelähmt vor Angst.

Aber das Glück war mir wieder einmal hold. Der große schwarze Vogel flog unter erheblichem Getöse von der offenen Glastür weg, und ich konnte erleichtert aufatmen. Zumindest dieses Problem war ich erst einmal los.

Wieder versuchte ich, mein Wesen, das unverändert am Boden lag, zu wecken, mit Gekreische, Schnabelattacken und Herumgeflatter. Aber es half alles nichts, mein »Chef« rührte sich einfach nicht mehr. Langsam dämmerte mir die Erkenntnis, er war tot. Wer würde jetzt für mich sorgen, wer sich um mich kümmern? War ich auch zum Sterben verurteilt? Irgendwie fand ich das nicht in Ordnung, nach allem, was ich bis zu diesem Tag durchgemacht hatte. Ich zog mich in meine Lieblingsecke hinter den Büchern zurück und schlief erschöpft ein.

17

Irgendwann, ich weiß gar nicht mehr nach wie viel Tagen, kam es, wie es kommen musste: Ich fand nicht einen einzigen essbaren Krumen mehr in unserem Nest. Das weiße Zeug draußen vor der Tür war über Nacht einfach verschwunden. Nur eine winzige Pfütze blieb übrig, die aber auch nur kurz meinen brennenden Durst stillen konnte. Über kurz oder lang würde mich unter diesen Umständen der Tod ereilen, dachte ich. Aber noch war ich nicht bereit, einfach aufzugeben. Auf einmal kam mir ein Gedanke: Ich hatte schon früher vor dem Eingang zu unserem Nest die Laute von vermutlich anderen zweibeinigen Wesen gehört, eventuell lebten wir nicht allein hier. Das hieße, irgendwann würden die anderen Wesen meines vermissen. Und wenn nicht, dann musste ich versuchen, ihre Aufmerksamkeit zu erregen!

Ich flog also zum Eingang unseres Nestes und setzte mich dort vor die Wand, die diese Wesen Tür nannten. Dann lauschte ich. Und immer, wenn ich von draußen Schritte oder die Laute dieser anderen Wesen hörte, begann ich sofort, herzzerreißend zu schreien. Das ging wohl den ganzen Tag so, bis mir vor Hunger und Durst ganz schwindlig wurde und meine Kehle ausgedörrt war. Nur noch einen Versuch wollte ich machen, dann konnte ich nicht mehr, das fühlte ich. Da ... es kamen wieder zwei Wesen vorbei, und sofort stimmte ich mein schauerliches Konzert an, aber die Laute entfernten sich. Ich ließ mutlos jede Hoffnung fahren, aber nein, sie kamen zurück ... erneut kreischte ich so laut ich konnte. Danach lehnte ich mich erschöpft an den Rahmen.

Nach einiger Zeit machte sich jemand an der Wand zu schaffen. Es klang genauso, als käme mein »Chef« in der Dunkelheit ins Nest. Langsam öffnete sich die Wand einen Spalt und ein mir fremdes Wesen guckte herein, sah erst mich, dann meinen ehemaligen »Chef« am Boden liegen und lief unter Schreien davon – nur um gleich darauf mit anderen Zweibeinern zurückzukommen, die sofort die Wohnung füllten. Kurz darauf trat jemand ein, der war ganz in Grün gekleidet, in seiner Begleitung ein anderes Wesen, das in langes Weiß gehüllt war. Diese beiden bemühten sich um mein Wesen, das immer noch starr am Boden lag. Das Wesen in Weiß schüttelte den Kopf und legte ein großes Stück weißen Stoff über ihn. Da wusste ich, und es wurde mir schmerzlich bewusst, ich hatte mein Wesen für immer verloren!

Ich hockte immer noch in einer Ecke auf dem Boden und wartete – ja auf was eigentlich? Dass man mir Futter gab, mich beachtete, was hätte ich jetzt für einmal Gefiederkraulen von meinem Wesen gegeben! Schließlich wurde ich von einem der Zweibeiner bemerkt, man hatte Licht gemacht. Ich wurde mittels meines Stöckchens in mein Haus gesetzt und eines der Wesen gab mir frisches Wasser, auch mein Futter hatten sie in einem der verschlossenen Fächer in der Wand gefunden. Wie köstlich schmeckte der erste Schluck kaltes Wasser, und wie köstlich war es, nach so langer Zeit wieder Körner aufknacken zu können. Als ich mich gesättigt hatte, begann ich mit aufkeimender Neugier das Treiben durch die Gitterstäbe zu betrachten.

Immer mehr Wesen waren aufgetaucht, mein totes Wesen wurde in eine schwarze Hülle gesteckt und hinausgetragen. Andere Wesen suchten im Nest umher. Als ich das so betrachtete, wurde ich wieder einmal unheimlich traurig. Da hatte ich nach all den Strapazen jemanden gefunden, der es gut mit mir meinte, schon war er wieder verschwunden. Aber ich war von den ganzen Ereignissen noch viel zu mitgenommen, um mir weitere Sorgen um meine Zukunft zu machen. Mehr apathisch als wach sah ich, wie die Wesen die weißen Dinger fanden: Diese Dinger, die mein Wesen eingenommen hatte, waren offensichtlich an seinem Tod schuld. Aber er hatte sie ja schließlich freiwillig eingenommen. Wie man so etwas tun konnte, war mir unverständlich. Diese Wesen und ihre Eigenarten verblüfften mich immer wieder aufs Neue. Einem von uns aus dem Schwarm wäre es überhaupt nicht in den Sinn gekommen, freiwillig sein Leben aufzugeben.

Schließlich leerte sich unser ehemaliges Nest immer mehr, nur der Grüne und der Weiße blieben zurück. Sie standen vor meinem Käfig und redeten offensichtlich über mich, wie ich an ihren Gesten erkennen konnte. Ach, sollten sie doch machen, was sie wollten, mir war's im Moment egal. Schließlich legte der in Weiß mein Tuch über den Käfig, und das schon altbekannte Schaukeln setzte wieder ein. Ich wurde wieder einmal mit unbekanntem Ziel transportiert, kannte ich ja schon zur Genüge. Ich hörte das Klappen, das konnten nur die Türen von einem dieser fahrbaren Dinger sein, und dann kam alles in Bewegung. Ich tat in diesem Fall, was mir schon einmal das Leben und meinen Verstand gerettet hatte: Ich steckte den Kopf in meine Federn, versuchte, das Schaukeln auszugleichen und dabei gleichzeitig zu schlafen. Das war aber gar nicht so einfach, denn dieses komische Ding hielt oft an und ich musste verdammt aufpassen, dass ich nicht von meiner Sitzstange geschüttelt wurde. Langsam ging mir das gegen den Strich und ich protestierte kreischend. Eines der Wesen (das in Grün) hob das Tuch, um nach mir zu sehen, und zeigte mir sein schreckliches Gebiss. Ich wusste, das bedeutete Freundlichkeit. Aber wie konnte er mich gerade in einer so misslichen Lage anlächeln? Ach, dachte ich, vielleicht meint er es nur gut, und stellte meinen Radau ein. Das

Tuch wurde wieder geschlossen und die Umgebung ruhiger.

Ich schlief ein und wurde erst langsam wach, als mein Käfig bewegt wurde. Dann wurde das Tuch entfernt, ich sah die beiden Wesen wieder und gleichzeitig meine neue Umgebung. Hier gab es nur Käfige wie meinen, aber viel größer. Und in jedem saß ein Artgenosse. Anders als im vorigen Quartier mit der künstlichen Sonne gab es hier keine anderen Tiere mehr. Und von oben kam sogar etwas Tageslicht herein. Es tat gut, das zu sehen und nicht in dieses künstliche Licht starren zu müssen.

Im nächsten Moment wurde ich auch in einen großen weitläufigen Käfig gesetzt, in dem sogar Wasser und Futter vorhanden waren. Daran tat ich mich gütlich, um dann noch etwas Schlaf nachzuholen ... Als ich nach kurzem Schlummer erwachte, sah ich mir die nähere Umgebung genauer an: Viele Arten von Papageien und anderen Vögeln waren hier untergebracht und trällerten und pfiffen vor sich hin. Hätte ich gekonnt, wäre ich in Tränen ausgebrochen, denn so hatte es bei uns im Dschungel auch immer geklungen. Ich wurde ganz traurig bei dem Gedanken daran, riss mich aber zusammen. Einige meiner Nachbarn sahen recht zerrupft aus, manchen fehlte sogar ein Großteil der Federn. Da wir Gitter an Gitter saßen, hörte ich von manch traurigem Schicksal. Da hatte man sie gekauft oder verschenkt und dann in irgendeinen Käfig gesteckt, der viel zu klein war. Und irgendwann vergaß man sie einfach, niemand sprach mehr mit ihnen, Futter und Wasser gab es automatisch. Keine Abwechslung mehr, keine

Zuwendung, kein liebes Wort oder ein Streicheln. Und mit der Zeit wandten sich der ganze Frust und die angestaute Aggression gegen das einzige Wesen, das noch greifbar war: gegen sich selbst! Einige Papageien zeigten auffälliges Verhalten: Sie kommunizierten nicht mehr mit den Artgenossen, wippten ständig auf der Stange hin und her und wirkten völlig apathisch. Andere wiederum verstümmelten sich systematisch, rupften sich die Federn aus oder rissen sich die Greifzehen ab.

Für mich war jetzt erst einmal wichtig, dass ich in Sicherheit war und mich von den Strapazen ausruhen konnte. Hier bedrohte mich keine Schreckgestalt in Form eines alten Feindes. Nach einiger Zeit hatte ich mich ganz gut eingelebt. Die zweibeinigen Wesen, die uns betreuten, trugen keinen Schutz für ihre Klauen, wenn sie uns fütterten, und schienen ganz nett zu sein. Aber mein Misstrauen war nicht so leicht zu besiegen

18

Ab und zu kamen zweibeinige Wesen zu Besuch und schauten uns durch die Gitter zu. Anders als in meiner früheren Behausung mit dem kalten Licht wurde hier kein Lärm gemacht oder ans Gitter geklopft. Es ging alles sehr ruhig zu. Die Wesen, die uns versorgten, schie-

nen den Besuchern einiges über uns zu erklären, das
konnte ich an den weit ausholenden Gesten erkennen.

Einer meiner Nachbarn fand eines Tages ein neues
Zuhause. Eines von unseren Wesen ging in den großen
Käfig und lockte den Artgenossen mit Obst und Lecke-
reien in einen kleineren Käfig. Er ließ sich auch locken.
Die Besucher-Wesen freuten sich und nahmen den Kollegen gleich mit. Und ich muss sagen, ich habe nur
wenige Artgenossen, die so abgegeben wurden, in der
Zeit, in der ich dort war, wiedergesehen. Außer sie
wurden sehr krank und brauchten Hilfe.

Nach einiger Zeit blieb ein Besucher immer wieder
vor meiner Behausung stehen und beobachtete mich.
Er versuchte, sich mit mir zu unterhalten und mich zu
locken. Zu Anfang ließ mich das alles kalt, aber er kam
immer wieder und brachte Früchte und andere Lecke-
reien mit, denen ich nur schwer widerstehen konnte.
Und so freundeten wir uns allmählich an. Das Wesen
schien ganz in Ordnung zu sein. Trotzdem blieb ich
auf Distanz. Bei denen konnte man ja nie wissen ...

Meine Nachbarn zur Rechten und zur Linken wechselten jetzt immer häufiger, nur ich blieb sozusagen in der
Mitte sitzen. Das war mir zum einen zwar ganz recht,
zum anderen ärgerte es mich aber auch ein bisschen.
War ich etwa nicht schön genug oder flog ich nicht
genug herum? Warum winkte mir nach all den Strapazen nicht ein schönes Zuhause in einem großen freien
Flugkäfig mit genug Futter und den entsprechenden
Streicheleinheiten? So haderte ich eine Zeit lang mit
meinem Schicksal. Aber aufgeben war noch nie meine
Stärke, und so sollte es auch bleiben. Mit der Zeit freute

ich mich auf die Besuche des männlichen Wesens, bedeuteten sie doch eine Abwechslung in meinem etwas trostlos gewordenen Leben. Irgendwie fasste ich auch Vertrauen zu ihm, warum kann ich nicht erklären. Es war einfach so. Natürlich wusste ich nicht, wie ich mich entscheiden würde, wenn eine Entscheidung anstehen würde: hier weiter unter vielen Artgenossen leben oder allein als geliebter einzelner Vogel, mit allen Vergünstigungen, Streicheln, extra Futter und eigenem Häuschen. Vor dieser Entscheidung hatte ich jetzt schon etwas Angst. Ich wusste genau, über kurz oder lang würde sie auf mich zukommen, und dann musste ich Farbe bekennen. Allmählich wartete ich jetzt schon auf die Besuche des Wesens und schaute ganz nervös nach draußen, wenn es mal nicht kam.

Eines Tages kam er sogar in Begleitung eines Betreuer-Wesens zu mir hinein und fütterte mich direkt mit der Hand, nicht wie sonst durch den Zaun und von mir getrennt. Das war etwas ganz anderes! Und ich muss sagen, ich genoss diese bevorzugte Behandlung mehr, als ich zugeben wollte. Es war klasse, so viel Aufmerksamkeit zu haben. Mehr wollte ich im Moment auch gar nicht. Ich ließ mich sogar dazu herab, mich auf der Hand des Besuchers festzuhalten und dort die angebotenen Früchte anzuknabbern. Das hätte ich natürlich niemals gemacht, wenn ich nicht wirklich Vertrauen zu diesem Wesen gehabt hätte.

Mit jedem neuen Besuch kamen wir uns ein Stück näher, und ich hätte nichts dagegen gehabt, wenn das Wesen mich sofort mitgenommen hätte. Aber das dauerte noch etwas.

Doch eines Tages kam mein Besucher zusammen mit einem Betreuer-Wesen schließlich mit einem großen Käfig in mein Gehege. Zu Anfang hatte ich doch etwas Angst, mich jetzt und hier total auszuliefern. Aber was sollte es: Es konnte nur noch besser werden. Also brauchte man mich gar nicht sehr zu locken mit Früchten und Körnern. Ich ging von mir aus in den Käfig und harrte der Dinge, die da kommen sollten. Es folgten das obligate Tuch über meinem Käfig und dann eine ruckelnde Fahrt mit einem von diesen komischen Transportfahrzeugen. Das erschütterte mich nicht weiter. Überrascht wurde ich allerdings, als wir angekommen waren. Mein neuer »Chef« ging mit mir eine Höhe empor, Treppe genannt, stellte den Käfig auf einen vorgesehenen Platz und öffnete das Türchen.

Misstrauisch wie immer blieb ich am Eingang sitzen und schaute mich gründlich um. Was ich sah, gefiel mir ganz gut: von beiden Seiten schräge Wände, ein Kletterbaum, viele Pflanzen, im ganzen Raum eine Art Liane (Jetzt weiß ich, dass die Wesen es Seil nennen). Dazu kamen zwei große Näpfe mit Wasser und zwei Näpfe mit Futter. Also startete ich erst einmal durch und fiel über diese beiden Sachen her. Sehr zur Freude meines Wesens, das lachte und offensichtlich seinen Spaß an meiner Freude hatte. »Lass es dir nur gut gehen, Herr Tobias«, sagte mein neuer »Chef«. Und dabei wurde mir klar, dass er mit »Herr Tobias« mich meinte.

Danach erkundete ich den Sitzbaum und das gespannte Seil. Alles in allem gefiel mir meine neue Umgebung. Spielsachen wie Hölzchen und Steine gab es auch

ausreichend, so dass eigentlich keine Langeweile aufkommen konnte. Sobald es dunkel wurde, schaltete
sich wie von Zauberhand eine Lichtquelle ein. Aber
eine ganz besondere: nicht so grell wie früher, sondern gelb wie die Sonne und angenehm beim Fliegen.
Das bestärkte mich in der Vermutung, dass ich es mit
diesem »Chef« gar nicht schlecht getroffen hatte. Ich
hatte beim Betreten der Höhle auch andere Wesen
reden hören, aber die lernte ich noch nicht kennen.
Im Moment war ich froh, genug Futter und Wasser
zu haben, und dass niemand da war, der mich quälte.
Also ließ ich alles so, wie es war und steckte meinen
Kopf in die Federn, um Schlaf nachzuholen, denn auf-
regend war es ja schon gewesen.
Am Morgen wurde ich früh vom Geklapper an meiner
Käfigtür geweckt. Ein kurzer Blick durch ein von
mir in die Decke geknabbertes Loch zeigte mir, dass
es draußen noch dunkel war. Gleichzeitig ging das
weiche warme Licht an und ich konnte wieder beruhigt einschlafen und weiterträumen ... Als ich dann
nach tiefem Schlaf erwachte, schien die Sonne.
Nachdem ich mich ausgiebig geputzt und auf meinem
Käfig Platz genommen hatte, fiel mir ein Brett mit
frischen Früchten auf, an denen ich mit Vergnügen
herumknabberte. Auf dem vielarmigen Sitzbaum und
an dem Seil waren große Säulen aus Körnern angebracht, aus denen ich mein Futter selbst zusammen-
stellen konnte. Es tat gut, wieder wählen zu können.
Mein absoluter Lieblingsplatz wurde eine Art Ast, der
direkt unter dem großen Fenster festgeklemmt worden
war. Da hatte ich freie Sicht und konnte gleichzeitig in

der Sonne sitzen und mich putzen. Es dauerte einige Zeit, bis ich begriff, dass die durchsichtige Substanz über mir hart war. Ich sah durch, und sie schützte mich vor der Außenwelt. Das kam mir zustatten.

Eines Tages, ich saß wieder auf meinem Platz am Fenster, erschien plötzlich über mir ein riesiger Schatten und ein Vogel landete genau vor mir auf der Fläche des Fensters. Ich war so geschockt, dass ich mich klein machte und starr sitzen blieb. Noch nicht einmal ein Augenlid bewegte ich. Endlich erhob sich dieses Wesen wieder, breitete seine riesigen Flügel aus und verschwand. Das nächste Mal war ich durch den großen Schatten vorbereitet und floh mit einem Notstart in den großen »Baum«, der in der Nähe stand. Da war es mir schon wohler, im Geäst versteckt zu sein und dank meiner Farben mit der Umgebung zu verschmelzen ...

Außer meinem neuen »Chef« lebte noch ein Wesen in den Räumen unter mir, wohl sein Weibchen. Einmal wollte er mich vorzeigen und brachte sie mit hoch in mein neues Quartier. Neugierig begutachtete ich das andere Wesen. Sie hatte Gläser auf den Augen, darin spiegelte sich das Licht und gab mein Bild wieder. Ich dachte natürlich sofort, das ist ein Rivale, und flog direkt einen Angriff in diese Richtung. Ehe sich das Weibchen versah, hatte ich sie schon mehrmals mit meinem harten Schnabel auf den Schädel gehackt. Laute Geräusche ausstoßend floh sie die Treppe hinab und verschwand hinter dem Abschlussgitter. Seitdem habe ich sie nur noch unten beobachten können, wenn ich auf dem Gitter saß, das die Treppe nach unten abschloss und praktisch die Begrenzung meines riesigen Käfigs bildete.

Nach einiger Zeit hatte ich mich eingelebt und war ganz zufrieden mit meinem neuen Heim, zumal es mir an nichts mangelte. Mein neuer Zweibeiner kam regelmäßig zu mir hoch, um mit mir zu spielen oder einfach nur zu schmusen. Mein Vertrauen in ihn wurde voll belohnt. Er war zwar kein Artgenosse, aber das Beste, was ich unter diesen Umständen bekommen konnte.

Am schönsten war es, wenn mein neuer »Chef« an seinem Tisch saß, die Beine hochgelegt, in ein viereckiges Ding hineinsah (von den zweibeinigen Wesen Buch genannt), ich auf seinem Knie saß und er mir die Federn kraulte. »Das gefällt dir, Herr Tobias, was?«, sagte er wohl. Von draußen klang Vogelgezwitscher herein, es war einfach nur wunderschön ruhig. Und auch meine Welt war wieder in Ordnung.

Aber es war auch mal schön, wenn mein Wesen nicht da war. Da konnte ich in meiner großen Behausung machen, was ich wollte! Futtern und putzen, Dinge zerlegen, aus dem Fenster gucken und mich durch die Luftschlitze mit anderen Artgenossen unterhalten oder einfach nur in der Sonne sitzen und vor mich hindösen ...

Als ich eines Tages einmal auf dem Abschlussgitter saß und nach unten auf die Treppe guckte, sah ich einen schwarzen Schatten. War das etwa ein bis dahin unbekannter Mitbewohner?, fragte ich mich. Bald darauf flog ich wieder zu dem Gitter hin. Da sahen mich von unten zwei große gelbe Augen an und mir wurde plötzlich ganz anders zumute. Ich ergriff die Flucht und verstecke mich im Bau. Aber kurz danach siegte doch die Neugier und ich flog zurück. Richtig, da unten saß ein schwarzes Wesen mit gelben Feueraugen und sah zu mir hoch. So etwas Ähnliches kannte ich aus meiner alten Heimat, solche Tiere; allerdings größer, liefen gelegentlich in den Bäumen herum. Wir sahen sie natürlich als Feinde für unsere Gelege an.

Nach anfänglicher Scheu kam das schwarze Ding regelmäßig schauen, was ich auf dem Gitter machte. Ich hatte nicht bedacht, dass das Gitter an der Wand eine Aussparung hatte, mit der mein Wesen es hochklappen und zu mir gelangen konnte.

An einem sonnigen Tag saß ich in der Nähe dieser offenen Aussparung auf dem Boden und aß ein paar Körner. Plötzlich sauste durch das Loch eine schwarze Pfote heraus und versuchte mich zu erwischen. Nur durch eine reflexartige Bewegung konnte ich der Gefahr entgehen und flüchten.

Das schwarze Ding versuchte in den nächsten Tagen immer wieder, mich zu erwischen, was aber misslang. Schließlich stellte ich fest, dass der Raum, in der sich die hindurchgestreckte Pfote bewegen konnte, nur sehr begrenzt war. Nach einiger Zeit hatte ich den Dreh raus und wartete auf den entscheidenden Moment. Wieder kam die Pfote durch Loch und angelte nach mir. Ich blieb an der Grenzlinie sitzen, wartete einen

Moment, bis Ruhe eingekehrt war, und schlug dann meinen harten Schnabel mit aller Macht in einen weichen Ballen hinein. Meine Bemühungen wurden mit einem schrillen Geheul belohnt und die Tatze verschwand und blieb fortan verschwunden. Ab und zu sahen das schwarze Ding und ich uns noch durch das Gitter an, aber es geschah weiter nichts mehr.

Manchmal, wenn mir ganz langweilig wurde, setzte ich mich mit einer großen Erdnuss direkt über dem schwarzen Wesen aufs Gitter und bröselte es nach und nach voll. Es guckte dann empört nach oben, die Zunge draußen, bis es schließlich genug hatte und von Staub und angeknabberten Schalen übersät das Weite suchte.

Außerhalb meiner neuen großen Behausung leben noch andere Artgenossen. Im Sommer, wenn die Sonne heiß in das Dachgeschoss scheint, öffnet mein »Chef« am Abend die Fenster. So weit, dass ein Lüftungsspalt da ist, ich aber nicht wegfliegen kann. Dann höre ich von draußen den vielen anderen Vögeln zu, und wir unterhalten uns miteinander. Neulich saß ein großer weißer Papagei bei mir am Fenster und wir tauschten Neuigkeiten aus, die ersten seit langer Zeit. Auch er war gefangen, erst verhätschelt, dann vergessen worden, bis ihm eines Tages das offene Küchenfenster die Möglichkeit zur Flucht bot. Inzwischen hat er sich an das Klima angepasst, ja sogar eine Partnerin gefunden, berichtete er, und sie brüteten jetzt direkt um die Ecke. Natürlich muss er sein Nest auch gegen andere Vögel verteidigen. Aber sein grenzenloser Überlebenswillen hat ihn gestärkt und er hat es geschafft. Obwohl, tauschen möchte ich nicht mit ihm. Das wäre mir auf die Dauer zu anstrengend! Da bleibe ich doch lieber in meiner behüteten Dachterrasse, mit einem Wesen ganz für mich allein. Ich brauche nicht zu teilen, weder die Streicheleinheiten noch das köstliche Futter, noch die leckeren Früchte.

Mit der Zeit sind der weiße Papagei und ich richtige Freunde geworden. Das heißt nun nicht, dass wir uns immer gut verstehen. Manchmal bin ich zum Beispiel etwas muffelig und nicht bereit, mich mit ihm zu unterhalten. Den anderen Tag hat er seine Sorgen und wenig Lust auf Kommunikation. Aber dafür ist man ja befreundet und versteht sich nach kurzer Zeit des Schmollens wieder.

Mir geht es wiederum gut. Ich werde verwöhnt nach Strich und Faden. Mein jetziges Wesen ist sehr lieb mit mir, krault und krabbelt mich und spielt mit mir sooft es geht. Ich habe immer frisches Wasser, hervorragendes Futter und meinen großen Wohnraum zum Fliegen. Und trotzdem, wenn ich nachts in meinem Käfig sitze, kurz vor dem Einschlafen, kommen mir die Bilder von früher aus dem Dschungel in den Kopf: die vielen Gefährten beim Flug, die Gefiederpflege untereinander, das zärtliche Aneinanderkuscheln auf den Ästen, beim Sonnenuntergang, die gemeinsame Futtersuche ... Der Verlust dieser Dinge, die ich nie wieder erleben werde, stimmt mich doch traurig. Aber was soll's, es sind schöne Erinnerungen, ich muss hier und jetzt leben. So denke ich mir, stecke den Kopf ins Gefieder und dämmere langsam ein ... Die Rufe meiner Schwarmkollegen begleiten mich dabei, und mir wird plötzlich ganz warm ums Herz.